꿈두레

*

이상돈 소설

꿈두레

이상돈 소설

힘움출판사

차례.

프롤로그

로렝이 됩니다.

여명이 다가오는 새벽에 풀벌레 소리만 들리는 창가에 앉아 턱을 괴었습니다. 이런저런 상념과 상상의 나래가 펴집니다.

그 옛날 부산 해운대 바닷가에서 별빛에 부서지는 보석처럼 빛나는 파도를 바라보며, 자연이 만들어 내는 풍경에 매료되어 넋을 잃고 바라본 적이 있었습니다.

인공적으로 만든 다이아몬드의 광채보다도 조물주가 창조하신 순수한 삼라만상이 비할 수 없이 황홀하게 다가왔습니다.

모르겠습니다.

쉼 없이 돌아가는 생의 수레바퀴 아래서 마냥 허우적거리며 살아가며 그때 그 감정을 느낄 수 있을지는?

삶이 저를 힘들게 해도 제가 살아갈 수 있는 이유는 내 몸이 세파에 찌

들고 구겨져도 마음 속 깊은 곳엔 아름다운 세상을 볼 능력이 있음을 알기 때문입니다.

세상이 어둠 속에 잠자고 있는 이 시간, 청승맞게 삶의 본질을 생각하는 내 모습이 안쓰럽긴 하지만 내 마음을 소통할 수 있는 공간이 있음이 신의 축복이라 생각하고 신의 섭리를 받는 이 몸이 가장 소중한 존재라고 의미를 부여합니다.

따라서 생의 본질을 끄집어내서 인간성을 찾는 것은?
창조하신 조물주 사랑의 하나님 자비로우신 부처님이 저에게 베풀어주신 넘치는 은혜임을 알기에 이 세상은 누가 무어라 해도 살아갈 가치가 있습니다.

아무리 힘들어도 오늘은 어제 저세상으로 가신 분께는 하루라도 더 있고픈 오늘이었음을 압니다. 이런 이유로 누군가 자살을 선택했다는 소식에 동정심은 가지만 죽음의 option은 우리가 선택할 수 있는 것이 아니기에 많은 아쉬움이 남습니다.

생의 무게가 우리네 어깨를 힘들게 해도
즐겁게!
긍정적!
적극적!
으로 살아가며 작은 것에 만족하는 삶이 행복임을 되새겨 봅니다.

노력과 결과는 항상 일치하지 않지만 '노력하는 삶은 아름답다'는 가르침도 마음에 새깁니다.

'내가 아니어도 세상은 물 흐르듯이 잘 흐르고 있음'을 깨닫고 나의 교만을 반성하고, '내가 없으면 이 세상이 존재하지 않는다'는 잘못된 편견을 던져버립니다.

'허허~'

웃으며 다소 힘든 세상 세속의 일에 스트레스 받지 않고 속상하고 마음 아프면 산으로 달려가 '훨훨' 털어내고 몸과 마음이 아프고 힘든 분들과 동행하며 나누고 위로하며 좋은 생각하면서 행복한 마음만 가지려 합니다.

나는 행복한 사람이니까요.

Chapter 1 .

어느 여자의 이야기

보육원 아이들

"저 불고기요!"

"저도요!"

"누구 다른 음식 먹고 싶은 사람 손 들어 봐요?"

모두가 잠잠.

50여 명의 아이가 같은 음식을 주문했다.

한강변에 자리 잡은 화사한 벚꽃이 만개한 음식점에 '재잘재잘' 활기찬 생명의 소리가 넘친다. 손님이 꽉 들어찬 홀을 바라보는 음식점 주인도 신이 났다.

우리네 전통 놋쇠 불판에 불고기가 놓이고 만찬이 시작된다.

"얘들아! 더 먹고 싶은 사람은 마음껏 시켜도 돼!"

정감이 가득 담긴 목소리로 한복을 곱게 차려입은 후원자가 흐뭇하게 아이들을 바라보며 말을 전한다.

불고기 후 물냉면으로 후식을 했다. 어지간히 음식의 시간이 흐르고 바닐라, 민트, 아몬드 초콜릿 등 다양한 아이스크림도 나왔다.

"바닐라는 저요."

"전 민트요."

4인용 나무 식탁에 마주 앉은 아이들의 해맑은 웃음소리가 넓은 마당을 채우며 허공에 나래를 편다. 봄꽃과 파란 하늘이 동심과 어우러져 한 장의 동화의 세계가 그려진다.

음식점은 임진왜란 3대첩 '권율 장군'의 승전비가 있는 '행주산성' 중턱에 한강을 굽어보는 전망 좋은 곳에 터를 잡았다. 둘레를 빙 돌아 활짝 핀 토종 왕벚나무가 도로와 구별되는 담을 형성하고 있다. 수도 서울의 진산 '북한산'을 뒤로 두고 우리네 반만년 이야기를 담은 '한강'이 서해를 향해 흘러간다.

풍수지리상 '배산임수'의 완결판이다.

해님이 서서히 서쪽 지평선으로 기울고 햇무리가 하늘에 색의 향연을 펼칠 시간이 되었다.

지연 씨가 가방에서 주섬주섬 봉투를 챙겨 다섯으로 나누었다.

5명의 후원자가 각자의 몫을 배정받고 아이들에게 다가간다.

"이건 우리 명희 거."

파란 봉투를 받은 초등학교 5학년 명희의 표정이 화사하게 변했다.

"감사합니다."

"이건 우리 막둥이."

"아녜요. 저 동생이 생겼어요!"

눈이 초롱초롱한 철수가 힘주어 자신의 위상을 각인시킨다.

"아 참. 우리 철수가 동생을 둔 걸 깜박했네. 정말 미안."

"괜찮아요!"

어린 티를 벗어가는 의젓함이 묻어있다.

"은정아, 중학교 가니 좋지?"

올해 상급학교에 진학한 은정이가 빨간 봉투를 건네받고 고개를 끄덕인다.

하나하나 아이들의 이름이 적힌 노랑, 파랑, 빨강 봉투가 아이들에게 전해졌다. 꿈두레 회원들은 설날과 단오, 추석 명절에는 보육원 아이들과 하루를 보낸다.

편지

며칠 후.

"후원자님, 고맙습니다. 오늘 제가 먹고 싶었던 불고기를 맘껏 먹을 수 있어서 너무 좋았어요. 제가 고깃집을 지날 때마다 고기 냄새가 너무 좋았거든요. 인제는 몇 달간 고기 안 먹어도 먹고 싶은 맘이 안 들 것 같아요. 주신 용돈은 학교 앞 문구점에서 꼭 사고 싶었던 것이 있어서 사려고 해요. 저도 앞으로 열심히 공부해서 후원자님처럼 불고기 먹고 싶은 아이들에게 고기도 많이 사 주고, 예쁜 봉투에 용돈도 줄 거예요. 오늘 정말 너무너무 행복했어요."

제법 어른스러워진 6학년 철수가 보내온 편지다.

꿈두레 회원들의 눈에 아침이슬이 맺혔다.

보육원에서 보내온 해맑은 원생의 마음이 차 한 잔의 온기에 더해 몸을 뜨겁게 달군다. 평화시장 노점 카페에 자리를 차지했던 새벽 찬 공기가 저만치 달아났다.

아이들의 얼굴이 검은 어둠을 걷어내는 여명의 하늘에 떠 있다.

'아. 우리 아이들이 보고 싶다!'

서로의 얼굴을 훔치며 그리운 마음을 달랜다.

모임의 리더인 '차 사장'이 아이들의 얼굴 사이로 또 하나의 얼굴을 본
다.

아빠가 깊게 파인 주름살을 걷어내고 환한 웃음을 지으셨다.

"우리 혜영이 최고!"

백두산 장군봉

하늘은 높고 벌개미취가 산야를 예쁘게 물들일 때 혜영이는 우리 민족의 영산 백두산에 올랐다.

"아빠, 날아갈 것 같아요."

거대한 호수 '천지'를 감싸고 도는 '용권'이라 불리는 돌개바람이 순간적으로 몸을 가눌 수 없게 만들었다.

아빠의 팔을 꽉 붙들었다.

처음으로 올라 본 백두산은 여러 봉우리가 에메랄드빛의 천지 주변을 병풍처럼 휘감고 있었다.

말로는 표현할 수 없는 벅찬 감정이 가슴을 뜨겁게 데웠다.

잠시의 침묵을 깨고 아빠가 말에 무게를 싣는다.

"혜영아, 이 백두산은 한민족이 시작된 성산이란다."

"우리 민족이요?"

"그래. 단군 할아버지가 이곳에 '신시'를 열 때는 '태백산'이라고 했어."

안개비처럼 작은 입자의 물안개가 천지를 감아 돌며 백두산을 천상의 세계로 만든다.

"다른 이름으론 '넓은 광야 가운데 큰 산'이라는 의미로 '불함산'이라고도 하고."

백두산을 일컫는 단어의 의미를 알고 바라보니 그저 장엄하다는 말밖에는 달리 표현할 말이 없었다.

"아빠. 우리가 서 있는 이곳이 백두산에서 제일 높아요?"

서 있는 표지석에는 '2,670m 천문봉'이라고 새겨져 있었다.

"아니야. 저쪽 가림막 너머에 보이는 장군봉이 제일 높지."

2,500m가 넘는 16개의 봉우리 중 아빠가 가리키는 손가락을 따라가니 제일 높게 보이는 봉우리가 우뚝 서 있다.

"여기 천문봉보다 80m가 높아서 2,750m야."

장군봉은 중국 영토가 아니라서 북한 당국에 허락받아야 갈 수 있는 곳이다. 우리 민족의 땅이지만 마음대로 갈 수 없는 금단의 구역이 백두산 최고봉이었다.

새삼 남과 북, 그리고 조선족의 정체성에 혼란이 왔다. 민족의 의미를 생각하며 장군봉을 쳐다본다.

"아빠가 할아버지와 같이 백두산에 왔을 때는 여기 천문봉이 아니고 장군봉에 올랐단다."

백두산 최고봉을 응시하면서 가슴에 묻어 둔 할아버지 이야기를 하신다.

"그때 할아버지는."

꿈두레

017 ✳

안개비에 잠겨 있던 장군봉에서 강한 빛이 뻗쳤다.

다음에 나오는 말이 무엇일까 무척이나 궁금해졌고, 그 찰나의 기다림의 시간이 그렇게 길게 느껴지긴 처음이었다.

한 문장 한 문장 힘있게 말을 이으신다.

천지 주변 백두산 16봉을 휘돌아 도는 돌개바람이 용트림하며 시간을 되돌려 아빠의 기억창고 속으로 안내한다.

광복군 구대장 '차 참령'

만주벌판에 부는 찬바람이 옷섶을 파고들어 살을 찌르는 고통을 준다.

심장은 빠르게 박동하면서 얼어붙은 피부에 온기를 전달하느라 바쁘게 움직인다. 백두산에서 발원된 얼어있는 '송화강' 건너편 언덕에는 흉물스러운 건물이 높은 돌담에 둘러싸여 있다.

주변에는 철조망이 몇 겹으로 처져 있고 망루에 무장한 군인들이 한순간도 긴장을 늦추지 않고 주변을 살핀다. 먼동이 틀 무렵 육중한 문이 열리면서 여러 대의 무장한 차량을 앞세우고 깃발을 꽂은 대장 차가 시야에 들어왔다.

일본 만주 군사령부 제1 지대장이다.

차량이 서서히 속도를 높여 얼어붙은 송화강을 가로질러 놓여있는 다리 앞에 다다른다. 희미한 어둠 속에서 반대편 바위에 몸을 숨기고 있던 독립군이 행동을 개시한다.

"차 대원! 준비됐지?"

밤을 이용해 다리 끝에 설치한 폭탄이 터지려는 순간이다.

"폭파!"

명령이 떨어졌다.

힘껏 점화장치를 눌렀다.

"쾅!!!"

새벽의 어둠을 밀쳐내는 폭음소리가 온 누리를 진동한다.

대장 차가 잠시 하늘로 붕 떴다가 얼어붙은 강바닥에 큰 꿍음 소리를 내고 떨어져 얼음을 깨고 강물 속에 잠긴다.

앞장서 다리를 건넜던 호송차에서 병사들이 우르르 내리고 차위에 설치된 기관총에서는 비 오듯 총알을 퍼붓는다.

"수류탄 투척!"

경사가 있는 언덕으로 올라오는 일본군을 향해 던진 수류탄이 굴러 내리며 강한 폭발음을 낸다.

피와 살점들이 사방에 흩어지고 고통의 단말마가 여명의 아침을 깨웠다. 예상치 못한 매복에 반격도 못 해 보고 전멸이다.

송화강 건너 일본 병사들은 아무것도 할 수가 없었다. 그저 두 동강 난 다리 아래 깨진 얼음과 살점이 찢겨 죽은 자들이 강물에 흘러가는 정경을 바라만 보았다.

백두산 물줄기의 도움으로 대한독립군 대원은 무사히 부대에 복귀한다. 밝은 햇살이 넓은 연병장에 어머님의 품처럼 포근함이 내려앉았다.

대한독립군 총사령관 '홍범도' 장군이 단상에 올랐다. 이번 작전에 큰 공을 세운 '차 대원'을 불러 깊은 포옹을 해준다. 곧이어 휘날리는 태극기 앞에서 대원들이 힘차게 제창하는 '대한독립군 공약'이 만주벌판에 울려 퍼졌다.

① 천하의 정의의 사(事)를 맹렬히 실행하기로 함.

② 조선의 독립과 세계의 평등을 위하여 신명을 희생하기로 함.

③ 충의의 기백과 희생의 정신을 확고하게 함.

④ 단의(團義)에 선(先)히 하고 단원의 의(義)에 급히 함.

그들은 일제가 두려워하는 대한독립군이었다.

그 후 반격에 나선 일본군이 대병력을 이끌고 독립군 본거지인 봉오동을 공격해 왔다. 홍범도 장군은 700여 명의 독립군을 지휘하여 3일간의 치열한 사투를 벌인 끝에 일본군 157명을 사살했다. 그때까지 독립군이 거둔 전과 중 최대의 승전을 거두고 독립군 전투사에 새 기록을 썼다.

차 대원도 홍 장군을 따라 같은 해 10월에는 김좌진 장군이 이끄는 청산리 전투에도 참여하여 큰 공을 세웠다. 그 뒤 홍 장군은 연해주로 이동하였고, 차 대원은 같은 동향인 '조선의용대'의 '김원봉' 대장을 만난다.

차 대원 아버지는 '밀양'에선 몇 안 되는 만석꾼 부호였고, 학문적으로도 불의와 타협하지 않는 영남학파의 기개를 간직하고 있었다.

1905년 대한제국이 일제의 강압에 못 이겨 강제로 을사늑약이 체결되었다. 이후 을사오적의 처형과 조약의 파기를 끈질기게 상소하던 '민영환'이 자결할 때, 나라를 찾기 위한 일념으로 가족을 데리고 북간도로 왔다.

경술국치 후 일제의 수탈이 도를 더해 가는 해에 '차 대원'은 길림성에서 학교를 마치고 아버지 말씀을 따라 독립군에 들어갔다.

그 당시 일제는 '김원봉 대장'을 임시정부의 '김구' 주석보다도 높은 금액의 현상금을 내걸고 김 대장을 잡으려고 혈안이 되어있었다.

그 후 1943년 '김원봉 대장'은 '광복군'에 합류했다. 당연히 '차 대원'도 광복군 '제1 제대'에 편입되어 중대장급 핵심 간부가 되었다.

일본제국주의가 서서히 몰락의 조짐을 보일 즈음, 광복군도 연합군의 일원으로서 본토 수복의 선봉에 서기 위한 혹독한 훈련을 마쳤다. 조만간 있을 일본군을 한반도에 몰아낼 작전을 수행하기 위해 조국 출정을 손꼽아 대기하고 있었다.

그러나 라디오에서 들려오는 청천벽력 같은 소식은 모든 것을 물거품으로 만들어 버렸다. 일본 천황의 무조건 항복이라는 말도 안 되는 '종전 선언'이었다. 우리 땅 우리 조국은 우리가 찾는다는 독립군의 한 가지 소망과 명분이 하루아침에 무너져 버렸다.

한반도가 38선을 기준으로 남북으로 갈리며 이념이 서로 다른 소련과 미국이 점령군의 지위를 가지고 진주하게 되었다.

그 후, 승전국의 지위를 인정받지 못한 독립운동을 하던 민족 세력들은 남과 북 어느 한쪽을 선택해서 해방된 조국 땅을 밟아야 했다. 남쪽에 들어선 미군정은 '임시정부'가 정부 자격으로 입국하는 것에 반대하여, 임시정부 요인들은 개인 자격으로 조국으로 들어왔다.

더군다나 미군정은 친일파들을 경찰서와 군대는 물론 행정관청의 주요 요직을 다시 차지하게 했다.

국내 상황은 급변했다.

광복되니 목숨을 부지하기 위해 숨을 곳을 찾던 친일파들이 미군의 보호 아래 더욱 위세가 당당해졌다. 급기야는 조국의 광복을 위해 온몸을 바친 독립투사들이 친일파 고등계 출신 형사에게 고문당하는 경우가 비일비재했다.

그들은 애국지사들을 혹독하게 고문하면서 감내하기 힘든 수치심과 고통을 안겨주었다. 이런 분위기 속에서 이름만으로도 일본군들이 벌벌 떨던 '김원봉 대장'도 예외일 수가 없었다. 고문을 받으며 생명의 위협까지 느꼈다.

1948년 '김구', '김규식' 등 애국지사들과 함께 김일성, 여운형들과 '통일 회담'을 위해 북으로 갔다. 회담 후 죽음을 감내해야 하는 남쪽으로 내려올 수가 없었다.

8·15 광복은 한반도를 남과 북으로 한반도의 허리를 잘라버렸다. 광복절은 한민족의 한을 품은 슬픈 날이 되었다.

'남으로 가야 하나? 북으로 가야 하나?'

북으로 가자니 '공산주의' 이념이 마음에 들지 않았다. 그렇다고 남쪽 정부는 잠시라도 '조선의용대'에 있었으면 공산주의자로 몰고 있으니 고초당할 것이 뻔하였다.

광복군 영관급 장교인 구대장 '박 참령'은 두 갈래 길목에 우두커니 서서 더는 앞으로 못 나가고 그 자리에 주저앉아 버렸다.

갈림길에 올바른 '거리의 신호수'가 없었다.

시간은 흘러 조국에선 미·소 양 강대국 냉전의 산물로 6·25전쟁이 발발해 국토가 초토화되었다.

전쟁 후 남과 북의 이념 경쟁은 더욱 심화하여 갔다. 그렇게 동족상잔의 여운을 안고 3년이 흘렀다. 북녘에선 '8월의 종파 사건'이 터졌다. 평소 '김일성'을 탐탁지 않게 생각했던 항일의 영웅들이 하나둘 숙청되었다.

'김원봉 대장'도 천추의 한을 품고 남과 북에서 외면당한 채 해방된 조국 땅에서 형장의 이슬로 사라졌다.

"자유는 우리의 힘과 피로 쟁취하는 것이지, 결코 남의 힘으로 얻어지는 것이 아니다. 조선 민중은 능히 적과 싸워 이길 힘이 있다. 그러므로 우리가 선구자가 되어 민중을 각성시켜야 한다."

김 대장의 말이 여운으로 남는다.

아빠의 바람

"혜영아. 공부가 힘들지는 않니?"

"아니어요. 아빠. 경영학이 저에게는 맞는 것 같아요."

혜영이는 '연변 제1 고등학교'를 졸업하고 '연변대학교'에 다닌다. 자식 중 제일 영특하고 공부도 잘하는 막내는 아버지의 희망이고 보람이다.

'조선족 자치주'인 '연변'은 백두산과 두만강을 품고 있는 '지린성(길림성)' 내에서 한글 간판이 줄지어 있고 통역 없이 우리말이 통하는 곳이다. 일제 강점기엔 수많은 독립투사가 이곳을 근거지로 활동했었다.

역사적으론 만주벌판을 달리던 '고구려'와 해동성국 '발해'의 영토였다.

'별을 헤아리는 마음으로' 시작되는 '서시'의 '윤동주' 시인도 이곳에서 태어나서 광복도 못 보고 형장의 이슬로 사라졌다.

독립투사들의 한을 담고 있는 '일송정'과 '해란강'도 가까이 있다. 두만강 상류는 노 젓는 뱃사공이 없어도 걸어서 건널 수 있을 정도로 수심이 낮다. 연변은 고대부터 많은 우리 민족이 살아왔던 우리네 터전이었다. 나라를 잃은 후에는 더 많은 사람이 이주하여 독립운동의 중심지가 되었다.

　아버지는 한 해에 두세 번은 천지를 보신다고 혼자서 길을 떠나시곤 했다. 그러시던 아버지가 해가 바뀌면서 눈에 띄게 건강이 나빠지셨다.

　"혜영아. 할아버지 고향이 어딘지 잊지 않았지?"

　"그럼요, 밀양."

　"남쪽에 가게 되면 집안사람을 만나 뿌리를 찾아야 해."

　해방 후 남과 북의 이념에 대한 편견 때문에 아버지는 할아버지가 당부하신 고향 땅을 가볼 수가 없었다. 아버지는 자신의 소원을 남기시고 혜영이가 대학교를 한 학기 남겨 놓았을 때 한을 품고 하늘나라로 가셨다.

　혜영이는 굳게 다짐했다.

　'아빠의 소원을 이루어 드릴게요.'

낯선 사람

졸업 후.

학교에서 배운 경영학을 기반으로 지역 은행에 입사했다.

"오늘도 많이 늦었구나. 배고프지?"

한복을 입은 엄마가 늦게 귀가한 혜영에게 안쓰러움을 담는다.

"우리 지점이 1등을 해서 직원 모두 대동강 식당에서 저녁을 했어."

금세 엄마의 얼굴에 화색이 돌았다.

"그래, 입맛에 맞아?"

"오늘 불고기에 냉면을 먹었는데 너무 좋았어."

"원래 불고기엔 냉면이 최고지."

"이달 월급 타면 우리 식구 다 같이 한번 가? 엄마."

"그래, 그러자꾸나."

며칠 전만 해도 선풍기를 틀지 않으면 땀이 옷깃을 적셨다.

만주벌판에 벼 이삭이 고개를 숙이고 추석이 가까워져 오니 시베리아 찬 기류가 방향을 바꾸었다.

벌개미취가 달빛 아래 희미한 자태를 뽐내는 마당 건너편 문간방에 환하게 불이 켜져 있다.

"엄마, 누가 왔어요?"

"쉿!"

엄마가 잎에 손가락을 세우며 조용을 강조하신다.

"응. 너도 알잖냐? 용정에 사시는 아저씨?"

"십자가 가지고 다니시는 분?"

"그래. 그분이 전도사야. 손님과 같이 왔어."

"어떤 손님?"

"쉿!"

재차 손 막음을 하신다.

"누구신데, 엄마?"

그럴수록 궁금증이 더해 간다.

"엄마도 잘 몰라. 깊이 알 필요 없고 이삼일 계시다 가실 거니 불편해도 참아라."

누차 강조하는 엄마의 신중함에 기본 욕구를 물었다.

"알았어요."

"절대 비밀!"

"내가 누구예요. 고객의 비밀을 최우선으로 하는 은행원이잖아요."

창문에 비친 그림자엔 두 사람이 손을 모으고 기도하는 형상이다.

하얀 달빛이 주황을 머금은 별빛과 어우러져 다섯 칸 한옥에 한 폭의 동양화를 그린다. 마당 한가운데 우물에는 달이 살포시 내려앉아 동양화에 품격을 더했다.

따사함을 품고 하루가 지났다.

제법 쌀쌀한 기운이 감도는 새벽녘 남쪽 나라로 떠나는 철새 소리에 눈을 떴다. 엷은 바람에도 소리를 내는 사시나무에 앉아 있는 새들을 보기 위해 마당에 나섰다.

먼저 나와 있던 전도사 일행과 눈이 마주친다.

"어휴. 우리 은행장님!"

전도사 아저씨는 혜영을 보더니, 직급도 아주 많이 올려 아예 행장님이라 부른다.

"놀리지 마세요. 말단인데."

"난 믿습니다. 곧 은행장이 될 거라."

역시 칭찬은 고래도 춤추게 하는지 농담이지만 기분이 나쁘지 않았다. 함박웃음으로 전도사님의 바람에 화답했다.

두 사람의 대화가 오가는 동안 시선을 한곳에 두지 못하고 엉거주춤서 있는 동행분에게 인사를 건넸다.

"안녕하세요!"

"반갑습네다."

얼떨결에 고개를 숙여 인사를 받는다.

"많이 아프세요?"

"내래 좀 다쳤습네다."

정중하게 인사를 받는 남자의 말투다.

두 팔뚝과 오른손에는 하얀 붕대를 감아 행동이 부자연스럽지만, 카리스마가 풍기는 눈초리는 예사롭지 않다.

잠시 더 전도사님과 이야기를 나누고 등을 돌렸다.

다소 불편한 자리를 의도적으로 발걸음을 빨리해 안채로 들어섰다.

"엄마, 누구야?"

"응. 너무 알려고 하지 마."

역시 어젯밤처럼 엄마는 또 손가락으로 입을 막았다.

"몸에 상처도 많고 붕대도 감았던데?"

"그렇지. 하여간 비밀!"

1급 비밀을 거듭 강조하는 엄마에게 더는 답을 들을 수 없기에 궁금증을 떨쳐내고 생각을 안 하기로 했다.

이틀 후.

붕대를 감은 의문의 남자는 인사도 없이 전도사님과 신기루처럼 조용히 사라졌다.

연변농촌합작 은행

"혜영 씨. 이리 와 봐요."

'왕월정' 공회주석이 부른다.

엄연한 직책이 있는데 기분이 안 좋으면 꼭 이름을 불러댄다. 아마 또 심기가 불편한 것이 있나 보다.

옷매무새를 만지고 심호흡 길게 하고 책상 앞에 부동자세로 섰다.

"아니, 이 사람은 벌써 몇 개월인데 상환을 안 하는 거요?"

규정상 3개월 지나기 전까지는 크게 문제가 없는 한 법적 조치를 하지 않고 독촉하며 관리하게 되어있다.

"공회주석님. 몇 개월이 아니고 어제 기준으로 두 달이 지났습니다."

두 달이란 단어에 힘을 주어 답을 했다.

"뭐라고 하는 겁니까. 그래서 손 놓고 있었던 말이어요?"

"그게 아니고요. 어제도 갔었고 벌써 네 번 독촉하러 갔었습니다."

"가면 뭐합니까. 그래서 결과는 뭐요?"

부하 직원에게 보고를 듣는 분위기가 아니라 아예 화풀이 대상으로 작정하고 완전히 시비조다.

"이달을 안 넘기고 상환하겠다고 했습니다."

"이 사람 믿을 수 있어요?"

연체했어도 고객인데 '이 사람 저 사람' 하는 막말까지 거리낌 없이 내뱉는다.

"제 조사로는 부채는 우리가 대출해 준 영농자금밖에 없고 재산조사를 해 보니 상환능력은 있다고 생각됩니다."

답을 하고 나름대로 정확한 조사를 하여 작성한 '신용조사서'를 내밀었다.

일목요연하게 논리적으로 작성된 문서에 별다른 지적할 것이 없는 듯 서류에서 눈을 떼더니 다른 말을 덧붙인다.

"토지경영담보권은 얼마를 설정했어요?"

"대출금액이 4만 원입니다."

"어디에?"

"일송정 자락입니다."

"그럼, 조선족 무덤이 많은 곳?"

"해란강 근처라 묘지하고는 거리가 있습니다."

일송정이 있는 산자락에는 만주벌판에서 일제와 맞서 싸운 독립운동가의 무덤이 많이 남아있다.

"이 사람 조선족이죠?"

여기서 왜 조선족이란 단어가 나오는지 머리가 쭈뼛 섰다.

"예."

짧게 대답했다.

"에이. 조선인들은 다 그래!"

"예?"

귀를 의심하며 물었다.

"한족과 달라서 조선족들은 돈에 대한 관념이 없어."

이 은행은 중국 본토가 개방화 물결이 일어날 때 조선족 동포들이 주축이 되어 동북 지역 최초로 주식회사형 합작 은행으로 설립되었는데 말이 너무 지나치다.

참지 못하고 한 마디 건넨다.

"공회주석님. 연체자 중에는 한족들이 더 많습니다."

순간 왕월정 공회주석의 얼굴이 빨갛게 물들었다.

"아니, 당신. 뭐라고!"

큰 소리에 일하던 직원들의 시선이 집중된다.

"공회주석님! 저도 엄연히 직책이 있습니다. 저 소장입니다."

익은 사과처럼 빨갛게 변한 공회주석의 얼굴을 바라보는 직원들을 의식하며 차마 더는 심한 말은 못 하고 입술을 편다.

겨울 찬바람에 사시나무 떨듯 강한 울림이 모두에게 전해졌다.

"저 차 소장 이만 보고를 마칩니다."

연변중앙시장 불고깃집에 조선족 은행 동료들과 마주 앉았다.

영업소가 200개가 넘는 은행에서 이 지점은 서열 1, 2위를 다투는 비중 있는 지점이다. 한족과 조선족으로 구성된 직원 수도 50명이 넘는 큰 점포다.

"소장님, 왕 공회주석은 왜 그렇게 우릴 미워하죠?"

오늘 모임 자리의 중앙에 앉아 있는 차 소장에게 질문이 집중된다.

"미워하는 것이 아니라 우릴 열등 민족으로 여기고 업신여기는 거죠."

"그러면서도 한국에서 연수받고 왔다고 틈만 나면 자랑은 왜 하는지."

"얼마나 있다 왔는데요?"

"겨우 한 달도 아니라고 하던데."

"어디서요?"

"서울에 대통령이 머무는 청와대 부근 금융연수원이겠죠."

"교육받는 곳이 청와대와 같이 있어요?"

"같이 있는 것이 아니라 그 근방에."

"그래서 늘 청와대를 날마다 들렀다고 뻐기나 보네요.""들르긴 뭘. 청와대 안으로 들어간 것이 아니라 입구를 지나다녔겠죠."

"아무튼 한국 가서 금융을 배우고 왔으니."

모두의 표정에 부러움이 담겼다.

연변농촌합작은행은 최근에는 한국에 해외거점도 준비하고 있다.

연변지역에서만 한국으로 삶을 찾아 떠난 사람이 줄잡아 20만 명이 넘었다. 한국에서 일하는 조선족은 한국에서 번 돈을 이 은행을 통해서 연변에 거주하는 가족들에게 송금하고 있다. 날로 증가하는 송금 수요에 맞추기 위해 해외 환거래를 담당할 직원들 육성이 시급한 과제가 되어있었다.

이에 편승해 한국계 은행들은 환거래 계약이 되어있는 중국은행 직원들을 선발해 금융전문가로 양성하는 연수 프로그램을 진행하고 있다.

"소장님, 이번에 한국 연수는 은행에서 몇 명이나 가나요?"

"10명."

"그렇게나 많이 가요?"

"그 정도로 외환 수요가 날이 갈수록 늘어나는 거죠."

"얼마나 있다 오나요?"

"공문을 보니 3개월 코스라고 해."

금융 분야에 대한 이론교육은 물론 각 지점에서 현장경험도 쌓는다. 연수 후에는 바로 일선 점에 배치하여 업무처리를 할 수 있도록 전문가를 만드는 교육과정이다. 또한 선발된 조선족 동포에게는 다채로운 한국 문화 체험 행사도 있다고 한다.

"이번 교육에 선발되는 사람은 정말 좋겠어요?"

아무나 잡을 기회가 아니기에 모두에게 선망의 대상이다.

"이번에 우릴 초청한 은행에서는 연변 지역 조선족 동포를 위해 많은 돈을 후원금으로 내놓았어."

"그래요!"

모두가 탄성을 질렀다.

"이번에 동행하는 조선족 연변대학생들은 졸업 후에는 중국법인 직원으로도 채용한다고도 해."

"와!"

또다시 환호성이 울리며 자연스레 동포애가 솟는다.

한국의 은행들은 20만여 명의 조선족 동포들에게 빠르고 저렴한 송금 서비스를 제공하기 위해 노력을 아끼지 않고 있다. 한국에서 연변으로 2~3일 걸리던 송금 소요 시간을 당일 자로 단축하고, 송금 수수료도 금액이 아닌 건당으로 저렴하게 책정했다.

같은 민족이라는 취지에서 교포들에게는 국내 내국인에게 적용하는 것과 거의 같은 조건으로 서비스를 제공한다.

"하여간 소장님 축하합니다."

모두가 축하의 인사를 건넨다.

"무슨?"혜영 소장이 영문도 모르는 축하를 받고 얼떨떨.

"이번엔 당연히 차 소장님이 가시겠죠."

"아, 그래도."

별 잘한 일도 없는 왕 공회주석도 서울을 한 달씩 다녀오는데 은행 전체에서 업무 실적 1, 2등을 놓치지 않는 차 소장이 선발된다는 것은 의심의 여지가 없었다.

차혜영 소장은 여러 번 은행장 표창은 물론 당과 정부에서 주는 공로상도 받았고 한 단계 특진도 한 경력도 있다.

그렇게 서울 금융연수는 사전 축하 행사로 매듭지어졌다.

한 달 후.

은행 게시판에 공고가 붙었다.

〈대한민국 은행 초청 금융연수원 교육대상자 : '제갈영' 주임〉

선택받은 자는 차 소장의 부하 직원으로 한족이었다.

연변 자치주는 기관 대다수가 최고 우두머리는 중국 한족인, 말로만 조선족 자치주였다.

결단

지친 몸을 가다듬고 있는데 옆자리 조선족 선배 언니가 말을 걸어왔다.

"우리도 남한으로 가야 하는 것 아니야?"

"그러게요. 왕월정이 등쌀에 못 살겠어요."

"어차피 이곳에서 죽도록 일해 봤자 한족 밑에서 뒤치다꺼리나 하는 건데."

의견을 낸 선배도 입행은 같은데 상급자로 있는 왕에게 잘 보여야 하는 자신의 처지를 한탄하곤 했다. 단지 아버지가 공산당원이라는 이유로 왕은 조직에서 승진을 거듭하였고 미래도 보장되어 있다. 하지만 배경이 없는 조선족은 승진의 한계가 존재했다.

이름은 '왕월정(玥婷, yuè tíng)' 풀이하면 신기한 구슬 '월', 예쁠 '정'인데, 조선족 직원을 대할 때는 난폭하기가 도를 넘었다.

연변엔 몇 년 전부터 새로운 바람이 불고 있다.

남조선에 작은 인연이라도 닿으면 하나둘 남조선으로 돈 벌러 가는 사람이 늘어났다. 중국 한족과 조선족을 가리지 않았다. 특히 조선족에게는 '재외동포법'이 발효되어 비자나 체류 기간에 많은 특혜를 주고 있었다. 그 결과 연변 조선 자치주에 거주하는 조선족의 숫자는 해마다 눈에 띄게 줄어들고 있다.

중국에서 차별받는 조선족이 대한민국에선 동포로서 특혜를 받게 된 것이다.

"언니. 돈은 정말 많이 벌 수 있을까?"

맘에 둔 진지한 물음을 던졌다.

"말도 마라. 내 친구 동숙이는 엊그제 1년 만에 들어왔는데 벌써 한국 돈으로 2천만 원이나 모았대."

"2천만 원?"

그 돈이면 연변에서는 작은 집도 한 채 살 수 있는 금액이다.

"그렇단다. 몇 주 머물다가 다시 들어간대."

"일자리는 많대?"

"좋은 자리는 아니지만, 식당에서 일해도 그 정도는 거뜬히 모을 수 있대."

"식당이 그렇게 많나?"

"그게 아니고, 그쪽 식당에서는 남쪽 사람 구하기가 힘들다고 해."

"왜?"

"아마 우리보다 먹고살기 좋으니 남들 보기에 힘든 일은 안 하는 것 같다고 해."

식당 일이야 아무리 힘들어도 충분히 감내할 수 있을 것 같은 자신감이 들었다. 무엇보다 한국에 가면 언어 소통에 문제가 없는 같은 동포라는 기대감도 컸다.

날이 갈수록 제법 괜찮은 직장을 다니던 사람들도 남쪽으로 떠나는 사람들이 늘어만 갔다. 그들에겐 남쪽은 돈과 풍요를 주는 신천지였다. 자꾸 남쪽에 대한 열망이 차곡차곡 쌓여간다.

더군다나 혜영에게는 꼭 이루어야 할 과제가 있었다. 할아버지의 고향을 찾아 아빠의 유언을 완수해야 하는 책무가 한국행에 힘을 보탰다.

한국에 가는 것이 '철의 장막'을 넘는 일이 아니었기에 결단을 내렸다.

'하루빨리 한국에 가서 자리를 잡고 밀양을 다녀오자. 세월이 많이 흘렀는데 그곳에 할아버지 후손들이 있을까?'

마음 한구석 불안감은 어쩔 수 없었지만.

서울의 삶

지하철 '대림역'을 나와 중앙시장까지 이어지는 사잇길을 걷는다.

눈길이 가는 곳마다 한국식 한자와 다른 낯선 '간체' 간판들이 서울 속 '차이나타운'이 있음을 알린다. 이곳은 한국산업화의 상징 같은 곳으로 인근 공장에서 일하던 여공들이 머물던 작은방들이 촘촘히 들어서 있었다.

이후 구로산업단지의 급속한 축소로 여공들이 떠난 빈방을 싼 임대료를 찾아 조선족이 하나둘 모여들었다. 일제 강점기에 선조들이 조국을 떠나 북간도에 터를 잡았던 것처럼 대림동에 조선족 공동체가 형성된다.

저마다의 꿈을 안고 모국을 찾는 동포들이 늘면서 거주하는 사람의 80%는 조선족이 되었다.

숨이 턱에 차온다.

쉼 없이 돌아가는 선풍기는 바람을 전해 주기보단 달궈진 열기를 작은 방 구석구석에 뿌린다. 주체할 수 없는 답답함에 길게 기지개를 켰다.

"꽝~"

고요를 깨고 단말마적인 부딪힘이 심한 파장을 일으켰다.

그리고 즉시 터져 나온 쨍~ 한 소리

"씨발. 뭐야~"

육두문자가 들린다.

기지개를 마저 다 켜지도 못해 경직된 몸이 순간적으로 움츠러들고 소름이 돈다.

'큰일 났다.'

무의식적으로 나무 벽에다 몸을 조아려 두 손을 모았다.

"잠결에 꿈을 꾸다가 저도 모르게."

들려오는 날카로운 목소리.

"그러게, 꿈은 왜 꾸고, 지랄이니?"

이곳은 꿈도 마음대로 꾸면 안 된다.

"에이, 씨발!"

'씨발' 소리 두 번 듣고 분노를 가라앉혔다.

다행이다.

몸을 눕히면 머리와 발이 가까스로 닿는 캐비닛 같은 작디작은 방. 발 뻗을 자유도 없는 고시원.

몇 안 되는 옷과 살림살이는 벽에 걸고 침대 밑에 놓으면 더는 공간을 찾을 수 없다. 한여름 밤의 더위는 창문 없는 방을 찜질방을 방불케 하는 열기를 내뿜는다. 밤은 깊어 가는데 온갖 잡념이 떠올라 '하나, 둘, 셋' 숫자를 세며 잠을 청해본다.

숫자 열을 세었나?

잠의 여신이 몸을 감싸 안을 즈음 '달가닥달가닥' 옆방에 문 따는 소리에 다시 잠이 저만치 달아났다.

2시가 지났다.

마트에서

낮에 계산대에서 진상인 고객과 실랑이가 있었다.

쇼핑카트에 물건을 가득 실은 아줌마가 턱 하니 계산대에 섰다. 검은 선글라스에 황금색 목걸이 다이아몬드 반지가 눈이 부셨다.

계산이 다 끝난 물건을 늘어놓고는 하나하나 일일이 체크를 한다. 고객은 길게 자기 차례를 기다리고 있었다. 나의 눈을 뚫어지게 보더니 느닷없이 큰소리로 삿대질해 가며 소리를 친다.

"왜? 물건값이 이렇게 비싸?"

순간 무슨 말인지 몰라 이해를 못 했다.

"도대체 물가가 왜? 이 모양이야!"

정부 당국에 항의할 사항을 계속 파고든다.

하도 어이가 없었지만, 논리적으로 충분히 설명했다.

그래도 좀처럼 물러날 기미가 없기에 다른 분들을 생각해서 비켜달라고 정중하게 양해를 구했다.

그랬더니 말이 끝나기가 무섭게 불친절하다고 매장이 떠나갈 듯 고래고래 소리를 질러댄다. 순식간에 매장이 싸움터로 변했다.

총알 같이 달려온 매니저님한테 불려 갔다. '고객은 왕'이라는 궁중 예법을 주제로 새삼 집중교육을 받았다.

실장님

몸보다 마음이 힘들었던 낮일을 마쳤다.

거리에 오가는 발걸음이 많아질 때 버스에 올라 남들 퇴근 시간에 다시 출근한다.

매일 보는 거리의 모습이 오늘은 왠지 낯설다.

네거리 한 모퉁이를 차지하고 있는 가게 문을 들어서며 동료들과 인사를 나누고 준비실에서 복장을 갖추었다.

간판은 감자탕이지만 다양한 메뉴로 늦게까지 북적거린다. 쉴 틈 없이 이리저리 음식을 나르고 치우다 보니 몸이 쉬어달라고 신호를 보낸다.

11시가 넘었다.

"차 실장님, 퇴근하셔야죠!"

내 몸의 간절한 바람을 사장님의 말 한마디가 해결해 주었다.

"예, 이 자리만 치우고요."

마음을 넣어 손님 떠난 자리를 행주로 닦은 후 옷 갈아입고 가게 문을 나서려는데 사장님이 부른다.

"실장님!"

어쩌다 보니 음식점에서 실장이 되었다.

'실장'은 어느 조직에서나 무시할 수 없는 높은 지위인데 '연변 아줌마'라고 부르는 뚱뚱보 옆집 사장만 빼고는 고객들은 실장님이라고 불러준다.

"여기 여분의 반찬을 싸 놓았으니 가져가세요."

어림잡아 일주일은 넉넉히 지탱할 수 있는 분량이다.

종업원의 삶까지 보듬어 주는 전직 교장 선생님의 큰마음에 두 손 모아 감사함을 표했다. 그런데 싸주신 봉지가 제법 부피가 커서 걱정이다.

'찌는 여름날. 냉장고에 보관해야 하는데…'

고시원의 미니 냉장고는 여유가 없었다.

평화시장에서

한가위가 지나니 시베리아 한랭기류가 옷깃을 여미게 한다.

포도(鋪道)에 뒹구는 낙엽은 스치고 떠나는 바람세기에 따라 비상하는 높이가 다르다.

사람들의 옷차림이 눈에 띄게 두터워졌다.

"언니. 옷을 싸게 살 수 있는 곳이 어디야?"

식당에서 저녁 시간에 같이 일하며 마음을 나누는 동료 언니에게 물었다.

"그야 평화시장이지."

지난 초봄. 남쪽 지방이라고 가볍게 생각하고 봄옷을 걸치고 와서 오들오들 떨던 기억이 발걸음을 동대문으로 향하게 한다. 해 뜨는 방향으로 청계천 물살을 타고 있는 빨강 노랑 단풍잎과 동행하며 걸어갔다.

시장의 규모가 엄청났다. 의류는 물론 먹는 것 쓰는 것 등 모든 생활용품이 총 망라된 거대한 종합시장이었다.

거기다가 다른 곳에서 한 벌 값으로 여기서는 두세 벌을 살 수 있었다.

한두 시간 예상하고 갔는데 아직 상가 한 동도 제대로 못 둘러보았다. 볼 것이 너무 많아 사고자 하는 물건도 못 찾았다.

구경하고 살피느라 발품을 팔았더니 배고픔이 찾아오고 늦가을의 차가운 바람은 소름도 돋게 한다. 청계천 다리 건너 '먹거리장터'에 김이 모락모락 나는 어묵의 유혹을 뿌리치지 못하고 자리를 잡았다.

한 접시를 시키고 고향의 냄새를 풍기는 순대로 다음 주문을 생각하고 있는데 주인님이 질문을 던진다.

"중국에서 왔우?"

"예."

거리에서 노점을 하는 여주인님의 옷매무새가 단정하고 곱상하시다.

"조선족?"

단순 호기심에 던지는 말 내음이 아니다.

"예. 연변이에요."

쫀득하게 보이는 만두와 순대도 먹어보라고 내놓았다. 고마움을 표했지만 다음 질문이 나올 것 같아 눈을 응시했다.

"혹시 조선의용대라고 알아요?"

깜짝 놀랐다.

남한에 와서 '조선의용대'라는 말은 처음 듣는다. 왠지 불안감에 올려다보았지만 얼굴엔 진심이 묻어있었다.

"예. 잘 알아요."

첫인상의 좋았던 감정을 버릴 수 없어 말을 받았다.

"그래요!"

더욱 표정이 진지해졌다.

"살던 곳에 조선의용대 출신들이 더러 있었나 보우?"

"예. 남과 북 어느 쪽으로도 못 가고 터를 잡으신 분들이 있어요."

어둠이 깔리는 밤이 시작되고 하늘엔 별들이 하나둘 자리를 찾는다.

"그럼 혹시 정말 혹시?"

"예. 말씀하세요."

말까지 더듬으시며 애써 흥분을 감추는 모습이 역력하다.

심호흡하시더니 또박또박 말을 이었다.

"밀양 출신 조선의용대를 아시우?"

"예."

천국의 계단을 올라가듯 점점 놀람이 옥타브를 올린다.

"혹 차씨 성을 가진 사람을?"

"예."

차씨 성은 많을 수 있으니 범위를 좁혀 다시 질문을 낸다.

"연안 차씨?"

"예."

답을 하다 보니 입을 향하던 어묵과 순대의 이동이 멈췄다. 모든 신경 세포가 질문에 쏠려있다.

잠시 숨을 고른다.

"누구를 찾으시나 봐요. 이름이?"

질문과 답을 하는 주체가 바뀌었다.

답이 나왔다.

갑자기 별이 빛나는 밤하늘에 천둥이 쳤다.

밀양 가는 길

서울역에서 부산행 KTX에 몸을 실었다.

'쿵덕 쿵덕'

심장은 마냥 펌프질해댄다.

마음 한가운데 자리 잡은 바윗덩어리가 방향을 못 잡고 헤매고 있다. 두 시간 남짓 달려 '돌아와요 부산항'이 울려 퍼지는 역 광장을 나와 버스를 타고 산이 병풍처럼 감싸고 있는 밀양에 내렸다.

중국 연변에서 비행기를 타고 '김해국제공항'을 통해 오면, 네 시간이면 충분한 거리를 100년이 걸렸다.

밀양강 언덕에 단아한 자태를 뽐내는 '영남루'가 시선을 사로잡는다.

'아리 아리랑, 쓰리 쓰리랑' 엄마가 자주 부르시던 '밀양아리랑'을 떠올리며 바둑판처럼 조성된 농경지를 지나 소나무 참나무가 무성한 야산 아래 농촌 마을에 들어섰다.

처음 찾은 곳인데 꿈에서 보던 할아버지 고향과 흡사해 낯선 풍경이아니다.

마을 입구 신작로에는 빨강 하양 분홍색을 담은 무궁화가 활짝 웃으며 가객을 맞는다. 이곳저곳 살피며 길을 걷는 한복 입은 어르신이 눈에 들어와 인사를 드렸다. 평화시장 포장마차에서 받은 쪽지를 내밀고 이장님 댁을 여쭤보았다.

"내가 이장이요."

첫 만남에 첫 성과.

밀양에서 모든 일이 잘될 것 같은 예감이 든다.

"중국에서 왔소?"

"예. 길림성 연변입니다."

"연변이면 이북하고 가깝네 그려?"

"이북이요?"

"그렇지. 여기선 북한을 이북이라고도 불러요."

"아, 예. 연변에서 두만강만 건너면 북조선 땅 양강도입니다."

"양강도?"

어르신이 양강도를 잘 모르신다.

"백두산과 가까운 곳인지?"

"양강도엔 백두산과 개마고원이 있습니다."

"그러면 함경도구려."

북한은 함경도와 평안북도 북쪽 지역을 나누어 양강도와 자강도를 신설했다.

"예전엔 양강도를 함경도라 불렀는데."

"저희 아버님 어머님도 그렇게 말씀하셨습니다."

처음 뵙는 분인데 오래 뵌 분처럼 스스럼이 없고 오히려 친근감이 들었다.

"처자는 조선족이신가?"

나이가 한참 어려도 말 내음에 하대가 없으시다.

"예. 전 연변에서 자랐습니다."

"그런데 어쩐 일로 여기까지 힘들게 오셨나? 여긴 일할 자리가 없을 텐데."

젊은이들이 떠난 농촌에서 일할 사람이 부족하여 외국인들이 그 자리를 대신한다는 많이 듣던 이야기다.

맞지 않은 질문에 대답을 더듬거렸다.

"아, 아니어요. 일 때문이 아니라 고향을 찾아왔습니다."

이장님이 눈망울이 커졌다.

"고향? 처자가 이곳이 고향이신가?"

"제가 아니고 저희 할아버지께서 이곳이 고향이세요."

잠시 침묵이 흐르고, 이장님이 침을 '꿀꺽' 삼키시더니 호흡을 길게 내쉬었다.

"돌아가신 아버님이 할아버지 땅에 꼭 가보라고 하셨어요."

나뭇잎이 바람에 실려 와 발끝에 떨어진다.

"할아버님 함자가 어떻게 되시나?"

"함자요? 그게 뭐예요?"

"이곳에선 어른 성함을 이름이라 안 하고 함자라고 하는 거요."

"죄송합니다. 제가 배우질 못해서."

머리를 깊이 숙여 사죄를 표했다.

"그래 됐고. 할아버님 함자가?"

또박또박 할아버님 성함 세 글자를 말했다.

세 글자의 끝 자를 듣던 순간 이장님의 얼굴에 경련이 일어났다.

"아니. 이럴 수가!"

사시나무가 가을바람에 떨 듯 놀란 음성이 단말마의 비명으로 들린다.

덥석 손을 잡으신다. 주름진 눈가에 아침이슬보다 더 영롱한 눈물이 맺혔다.

"내가 할아버님의 조카야!"

할아버님을 입에 담으실 때는 고개를 숙이시며 다음 말을 잇는다.

"자네 할아버님이 나의 큰아버지셔."

처자가 자네로 호칭이 바뀌었다.

할아버지 동생의 아드님을 만났다. 아버지가 외아들이기에 족보상으로 제일 가까운 친척이다.

어쩐지 뵐 때부터 낯설지 않고 친밀감이 들었던 이유가 있었다.

역시 '피는 물보다 진했다.'

심연 속 큰 자리를 차지했던 무거운 돌덩이가 부서지며 몸은 날개를 달고 하늘을 날려 한다.

"그러니까 내가 자네한테는 5촌 당숙이야. 그러니까…."

다음 말을 해야 하는데 목이 메 잇지를 못한다.

당숙의 골을 타고 흘러내린 눈물이 아무런 제지 없이 목덜미를 적셨다. 마치 어린아이처럼 기쁨을 단어로 표현하지 못하고 눈물로 대신하고 있다.

직계 후손 '차혜영'도 온몸이 용광로가 되어 당숙보다 더 뜨거운 눈물이 쌍폭포가 되어 떨어진다.

햇빛 쨍쨍한 날 소낙비가 누리를 적신다.

아버지의 소원을 담은 말씀만 기억에 새기고 고향을 찾아왔다.

그리고 '꿈을 이루었다.'

할아버지 이야기

지역 문화재로 지정된 '연안차씨' '지공군파'를 모신 어림잡아 30칸이 넘는 전통 한옥이다. 주위는 삼면을 섬돌로 만들어 치장하고 중앙에 여닫이문을 내었다. 울타리는 전통 기와를 얹은 돌담을 쌓아 안을 들여다볼 수 없게 만들었다. 가옥의 들어앉음이 이 집안이 범상치 않은 사대부였음을 대변한다.

넓은 마당을 가로질러 계단을 올라 3칸으로 된 사당에 부복했다.

사당 안에 모셔진 고조부와 증조부, 그리고 할아버님의 신주와 위패에 두 손을 이마에 얹고 크게 절을 4번 올렸다. 할아버님들 영정이 100년 만에 뿌리를 찾아온 종갓집 후손을 환하게 맞아주신다.

"큰아버님은 우리 집안의 종손이야."

당숙께서 집안에 관한 이야기를 해주셨다.

"할아버지는 실천을 중시한 영남학파의 거목이셨어."

햇살이 사당 안에 밝음을 뿌린다.

"일본 놈들이 우리나라를 침탈할 때 저기 보이는 '재악산' 아래 '표충사'를 찾곤 하셨지."

밀양을 병풍처럼 둘러싸고 있는 산자락에 가람이 보인다.

"표충사에는 '사명대사'의 충혼도 서려 있는 곳이야."

"사명대사요?"

중국에서 배우고 자란 혜영이는 사명대사를 모른다.

"사명대사는 임진왜란 때 승병 대장으로 왜군과 싸우고 전쟁이 끝난 뒤엔 강화 사절로 나가 전란을 수습했지."

"스님이 전쟁에 나가셨어요?"

"우리나라 불교는 호국불교의 전통이 있다네."

'표충사'는 사명대사의 충혼을 후대에 남기기 위해 임금의 명으로 지어진 사찰이다.

사찰의 이름을 '호국 성지'의 뜻을 가진 '표충사'로 하고 경내에는 봄과 가을에 사명대사에게 제사를 지내는 사당도 갖추었다.

조선 시대는 '숭유배불' 정책으로 불교를 배척했던 시기였기에 오직 '표충사'만 유교의 사당과 불교가 공존하는 유일한 곳이 되었다. '표충사'에는 사명대사 이외에도 사명대사의 스승인 '서산대사'와 최초의 승병장이셨던 '기허대사'의 영정도 같이 걸려있다. 할아버님은 이곳에서 일제 침략의 울분을 푸시면서 훗날을 도모하셨다.

혜영이는 끓어오르는 벅찬 감정을 이기지 못해 크게 외쳤다.

"아버지!"

혜영의 외침은 '영남알프스' 산줄기를 타고 하늘 끝까지 닿았다.

두둥실~ 뭉게구름을 타신 아버님이 밝은 미소를 지으신다.

유언

달빛이 어둠을 밀쳐내는 밤.

참나무 툇마루에 찻잔을 앞에 두고 당숙과 마주했다. 보름이 가까워져 오니 달이 쟁반 크기로 점차 몸집을 키워간다.

"조국에서 살아야지?"

"연변에 가족이 있어요."

"원하면 언제고 불러오면 되지."

당숙의 얼굴이 달빛을 받아 빛을 낸다.

"아버님께서는 형님을 찾기 위해 오래전에 평화시장에 점포를 내셨어."

평화시장은 6·25 이후 탈북민들이 주축이 되어 만들어진 시장이다.

작은할아버지는 형님 소재 파악을 위해 'KBS 이산가족 찾기' 행사에도 참여했다. 꼭 찾을 수 있다는 믿음을 버리지 않고 탈북민들이 자리를 잡은 평화시장에 점포도 내었다. 시장에 거점을 마련하고 시장 주변에 연락처도 뿌리며 사례금까지 두둑하게 걸고 형님 소식 오기만을 기다렸다.

그러나 그 간절한 소원을 이루지 못하고 당숙에게 한마디 말씀을 남기고 하늘나라로 가셨다.

"북으로 가서라도 꼭 큰집 가족을 찾아야 한다."

아버지의 유언이었다.

그런데 북으로 가지 않고도 유언이 이루어졌다.

"지금은 점포도 늘어났고 꽤나 장사도 잘돼."

평화시장의 발전은 인근에 또 다른 '평화시장'들이 '신평화', '청평화' 등 접두사만 다르게 하여 동대문 일대를 의류단지로 만들었다.

"물려받은 재산으로 키운 거니 당연히 나누어야지."

연변에 살 때 한국으로 오가는 보따리 무역상도 부러웠는데 의류의 메카에서 어엿한 사장이 되려 한다.

"머무를 곳은?"

"허허. 그렇지, 걱정되겠지."

당숙은 아이들이 놀이동산에 온 것처럼 함박웃음까지 지으시며 걱정이라곤 티끌만큼도 하지 않으신다.

"서울로 가서 아파트에 살아야지. 젊은 사람들에겐 아파트가 편해."

"아파트요?"

연변에선 서울의 아파트값이 엄청나게 무시무시하다고 들었다.

"우리 가진 돈 반만 들여도 그깟 아파트 서너 채는 마련할 수 있어!"

당숙은 '그깟'이라는 표현까지 써가면서 장군처럼 의기 당당하셨다.

평화시장

6·25 이후 이북에서 넘어온 실향민들은 청계천 주변에서 무허가 판잣집을 지어 거주하였다. 남쪽에 아무 기반이 없던 실향민들은 미군 부대에서 나오는 군복과 담요 등 군수품을 사들여 옷을 만들어서 팔아 생계를 이어갔다. 실향민들은 팔 수만 있다면 어떤 종류의 물건이라도 팔고자 했다.

당시 청계천 주변은 무허가 건물과 노점이 즐비했었다.

이곳으로 배출된 오수와 쓰레기로 골머리를 앓고 있던 서울시는 1958년 청계천을 도로로 덮는 공사를 시작한다. 시장이 없어질 위기에 처하자 상인들은 집단 대응하여 서울시로부터 부지를 받고 건물을 지었다.

이들은 평화 통일의 염원을 담아 상가의 이름을 〈평화시장〉으로 지어 1962년에 오픈했다.

우리나라의 빠른 성장에 힘입어 평화시장도 나날이 번성해 갔다. 평화시장이 성장하자 주변에 생산과 판매가 혼합된 의류 업체들이 들어섰다.

1층은 상점이 2~3층에는 봉제공장이 **빽빽**하게 둥지를 틀었다.

원재료를 건물의 위층에 저장한 후 아래층에서 이를 활용해 제품을 만든 후 1층 상점에서 판매하는 구조였다. 생산과 판매가 공간적으로 단일 건물 안에서 수직적 프로세스를 따라 이루어졌다.

당시 부유층은 양장점에서 옷을 맞춰 입었지만, 일반 서민들은 옷감을 떼다 옷을 만들어 입는 경우가 많았다. 이런 상황에 기성복이 등장하자 대중에게 큰 인기를 누리면서 평화시장은 빠르게 성장하기 시작했다.

해를 거듭할수록 중국은 물론 일본, 소련, 동남아에서 물건을 받아 가는 고객들이 많아졌다. 고객의 요구에 독창적인 디자인으로 신속한 제품 생산과 판매가 한 곳에서 이루어져 지금은 패션의 일번지로 자리매김하였다.

종갓집 막내가 조선족이라고 무시하던 중국 사람들도 동경하는 평화시장에서 사장이 되었다.

시간은 그렇게 흘러갔다.

Chapter 2 .

어느 남자의 이야기

Moulin Rouge(물랭루주)

북쪽에서 내려온 찬 기운이 한반도를 동토로 만들며 맘껏 동장군의 위용을 과시하고 있다. 길가에 늘어선 가로수는 휘몰아치는 바람에 휘청거리며 온몸으로 맞선다.

'쌩~ 쌩~'

바람 소리가 심상치 않은 울림을 준다.

한 걸음 한 걸음 내딛는 것이 발이 푹푹 빠지는 갯벌을 걷는 듯 지쳐간다. 제대로 식사다운 식사를 한 적이 도대체 언제인지 기억이 없다.

"야, 인마! 너 어디서 온 거지냐?"

빵 한 조각 던져주며 검은 잠바에 빵떡모자를 눌러 쓴 남자가 말을 건넨다. 배에서 울리는 '꼬르륵~' 뱃고동 소리를 잠재워야 하기에 허겁지겁 빵조각을 입에 넣었다.

"남쪽에서 왔어요."

"뭐. 남쪽?"

답을 들은 남자의 표정이 일그러졌다.

"예! 남쪽입니다."

주눅이 들어 크게 소리를 내어 답했다.

"야, 남쪽 어디?"

한 옥타브를 더 올린다.

"밀양입니다."

"경상도구먼."

"예!"

"갈 곳 있냐?"

"없습니다."

며칠간 서울역 주변에서 뒹굴었으니 꼴이 말이 아니다.

"따라와!"

거부할 수 없는 부름에 뒤를 따랐다. 그날은 휘날리는 눈발이 거리를 점령한 손발이 얼어붙는 겨울의 한가운데였다.

'나라가 원할 때 나라를 구한다.'라는 '김원국'의 서울의 삶이 시작되었다.

남산 끝자락을 지나 길게 뻗은 종로에 빨간색의 휘황찬란한 간판이 화려함을 뽐낸다.

거울 벽으로 둘러싸인 넓은 무대에서는 찬란한 무희복을 입은 여자 무용수들이 격렬한 율동을 선보이고 있다.

'프렌치 캉캉' 춤이다.

화려한 밤을 즐기려고 모여든 사람들이 내뿜는 열기와 환호로 공연장은 용광로처럼 달아올랐다. 프랑스 몽마르트르 언덕 아래 원조 물랭루주의 무대가 서울로 온 듯하다. 예술적인 경지로까지 승화된 무희들의 운무를 보려는 사람들로 공연 전에 좌석은 연일 매진이다. 이곳 물랭루즈도 가족이 함께 보고 즐길 수 있는 공연장으로 서울의 명소로 자리매김하였다.

'캉캉!'

경쾌하고 신나는 빠른 속도의 음악에 맞추어 무용수들이 긴 치마를 꽃처럼 흔들다가 다리를 치켜세우며 무대의 열기를 끌어올린다. '오펜바흐'의 오페레타 '지옥의 갤럽'이 절묘하게 무용수들의 율동과 하나가 된다. 이어서 '조르주 비제'의 정통 오페라 '카르멘'의 서곡이 연주되면서 대중공연장인 이곳이 '예술의 전당'이 되었다.

격동의 '캉캉 공연'이 끝나고 기립 박수 속에서 무대를 떠난 무용수들이 흐르는 땀을 닦으며 분장실로 들어왔다.

진한 화장품과 향수 냄새가 온 방 안에 새벽의 물안개처럼 진하게 깔려있어 숨쉬기조차 불편하다. 열정의 공연을 끝낸 무용수들이 방 벽에 빼곡히 붙어있는 화장대 앞에 두툼한 무용복을 벗을 힘도 없어 털썩 주저앉았다.

온 에너지를 쏟아붓고 탈진한 상태로 저마다의 편한 자세로 자유롭게 휴식을 맛본다. 잠시 후 숨소리도 멎었던 침묵의 공간에 파문이 인다.

"원국아!"

분장실 귀퉁이에서 열심히 방을 치우고 있는 아이를 부른다.

"예. 이모."

아이가 즉답하고 옆 상자에서 박카스를 한 병 뽑아 들고 은지에게 다가갔다. 건네준 박카스의 뚜껑을 따면서 은지가 눈을 흘기며 꼬마에게 엄한 말투로 한 옥타브를 올린다.

"넌 왜 자꾸 이모라고 하니. 누나라고 불러! 다시 말해봐."

카리스마가 넘치는 표정에 주눅이 들려 또박또박 단어를 나열했다.

"예. 예쁜 누나님!"

은지의 표정이 환하게 밝아졌다.

"동생님! 내 신발 알지? 신발 깨끗이 닦아놓으세요."

다정한 말로 화답하고 만 원짜리 지폐 한 장을 직접 손에 쥐여 준다.

"누나님. 돈이 너무 많은데요?"

"응, 이모라고 안 부르고 예쁜 누나라고 불러주니 고마워서."

오랜만에 세종대왕님이 새겨진 지폐를 보았다.

"고맙습니다!"

우렁차게 마음속에서 우러나는 고마움을 소리의 크기로 표현했다.

큰 소리에 휴식을 맛보고 있던 무용수 누님들의 시선이 한곳에 모이고 저마다 한 마디씩 마음을 담았다.

"구두는 우리 원국이가 최고야!"

"맞아!"

"무교동이 아니라 명동 가서도 제일 잘 닦을걸?"

"아마 기능올림픽이 있으면 국가대표감이야. 안 그래?"

찬사의 말들이 쏟아지는 중에 은지 누님이 의견을 냈다.

"우리 앞으로 구두 한 켤레 닦을 때마다 천 원씩 주도록 하자."

"그래, 원국이도 돈을 모아야지. 나도 대찬성이요!"

별다른 이견 없이 만장일치로 안건이 가결되었다.

거리에서 자신을 구해준 사장님은 먹여 주고 입혀주고 재워서는 주었지만, 돈을 준 적은 없었다.

예쁜 누나들이 구두를 닦으면 안 줘도 되는 돈을 주겠단다. 명절이나 생일날 용돈을 받는다는 것은 동화 속의 이야기로만 알았던 원국이가 사업장 없는 사장님으로 돈을 받게 되었다.

무감각했던 이 세상이 신나는 세상으로 바뀌었다.

한가위가 며칠 안 남은 날 은지 누나는 원국의 손을 잡고 명동으로 나갔다.

중국대사관 근처 홍사초롱이 달린 중국음식점에서 군만두와 곁들여 짜장면과 탕수육을 사주고 명동 입구 앞에 있는 은행에 가서는 예금통장도 만들어 주었다.

난생처음 자기 이름이 선명하게 찍혀있는 예금통장을 보고 또 봤다.

"모레가 무슨 날이지?"

"추석이요."

은지 누나가 옷섶에서 예쁜 봉투를 꺼내 손에 꼭 쥐여 준다.

"추석 선물이야."

처음으로 용돈을 받았다.

봉투 안에는 정성스럽게 쓴 누나의 편지도 담겨있다.

은지 누나의 얼굴을 올려다보는 눈가에 이슬이 맺히며 꿈속에서나 보았던 엄마의 얼굴이 합쳐졌다.

엄마는 스르르 다가와 원국이를 꼭 안아 주었다.

그날 밤.

유난히 선명한 은하수가 별들이 빛나는 밤하늘에 길게 다리를 놓았다. 서쪽 높은 하늘 끝에서 밝고 초롱초롱한 파란 별똥별이 하늘을 가로질러 동쪽으로 떨어진다.

　'철이'가 엄마 찾아 '메텔'과 같이 '은하철도 999'를 타고 우주 공간을 힘차게 달린다.

태권도

"왼발 돌려차기!"

홍색 도복의 선수가 몸에 회전을 주어 정확하게 청색 도복의 몸통을 가격했다.

"예. 4점을 얻었습니다."

청색 선수가 잠시 주춤하더니 오른발 뒷발로 홍색 선수의 몸통을 공격했다.

"2점입니다."

서로 기술을 한 수씩 주고받은 선수들의 눈에서는 더욱 강한 빛이 발산된다. 두 선수가 같이 발로 몸통을 가격했는데 점수가 다르다.

"왜 우리 원국이는 2점밖에 안 줘요?"

동작 하나하나에 숨죽이며 경기를 지켜보는 은지 누나가 화가 나서 질문을 던졌다.

"태권도에선 회전 공격을 하면 원점수에 2점을 더 줍니다."

옆에서 같이 지켜보는 관장님의 해설에 풀이 죽었다.

경기가 열기를 더해 갈수록 장내 아나운서의 음성도 높아간다.

원국이가 홍색 선수의 몸통을 주먹으로 가격했다. 은지 누나가 환호하며 전광판을 봤다.

"어. 점수가 안 올라가네요?"

"바른주먹으로 공격한 게 아니라서요."

"바른주먹이요?"

정권이 아니면 점수가 없다.

현재 점수는 4대2. 홍색 도복이 앞서나간다.

"머리를 공격합니다. 3점을 얻습니다."

원국이가 상대 선수의 오른발 차기에 머리를 맞았다.

7대2가 된다.

머리를 맞은 후 바로 정권으로 몸통을 공격했다.

"청 선수 1점을 얻었습니다."

7대3이 되었다. 4점 차. 마음을 졸이며 경기를 보니 순식간에 2분의 시간이 지났다. 1회전 경기가 끝나고 1분간의 휴식이 주어진다.

다시 벨이 울리고 2회전도 손에 땀이 나는 긴장 속에 마쳤다.

11대7. 계속 4점 차.

마지막 3회전이 시작되었지만 분주한 두 선수의 손기술 발기술에도 이렇다 할 정타가 없어 점수는 그대로이고 10초가 남았다.

은지 누나의 두 손 모은 기도에도 하늘은 무심했고 이대로 게임은 끝나려 한다. 경기의 종료를 알리는 마침의 벨이 울리려 할 즈음 하늘이 응답했다.

"청 선수 5점을 얻었습니다."

아나운서의 말이 끝나기도 전에 마침의 벨이 울린다.

"아니, 이럴 수가 있나요?"

"홍 선수가 다 이긴 줄 알고 방심한 듯합니다."

흥분이 채 가시지 않은 아나운서의 질문에 해설사가 답했다.

"이래서 스포츠가 드라마보다 더 드라마 같다고 하나 봅니다."

관중석에 은지 누나는 흐르는 눈물을 닦을 생각도 없이 관장님과 얼싸

안고 기쁨을 나눈다. 최종 판정이 내려지고 관중의 환호 속에 원국의 손

이 높이 올라갔다.

잠시 흥분을 가라앉히고 은지 누나가 물었다.

"그런데 관장님. 왜 우리 원국이가 순식간에 5점을 얻었죠?"

오늘 경기에서 공격 점수를 1점에서 4점까지는 들어봤는데 5점은 없

었다.

"몸통의 회전을 이용하여 상대방의 머리 부위를 공격했기 때문이에

요."

태권도 경기의 최고 점수이다.

하긴 마지막 원국의 공격은 나비가 날듯 몸을 날려 상대방의 머리를

정확히 발로 가격했다. 무협 영화의 한 장면처럼 멋진 공격으로 원국이

가 전국체전 서울시 대표 선수가 되었다.

검정고시

태권도 금메달의 꿈을 갖게 된 그해가 지나고 한겨울의 끝자락을 맞았다.

서울타워가 위풍당당 내려다보는 남산 오르막길에 개나리가 노란 꽃을 피워 따뜻한 온기를 가져다준다. 햇살 받은 하얀 벚꽃이 소나무의 검은 그림자와 대비를 이루며 원색의 세상을 실루엣으로 만들었다.

안중근 의사 기념관과 백범광장을 지나 팔각정을 향하는 길가에는 야생화가 지천이다.

"누나, 이 꽃 이름이?"

돌계단 틈새마다 노란색 작은 꽃들이 옹기종기 모여 따사로운 햇살을 더 많이 받으려고 경쟁하듯 얼굴을 힘껏 쳐들고 있다.

"응. 이 꽃은 양지꽃이라고 해."

"이름이 너무 예뻐요."

"양지꽃은 겨울에는 추워서 잠자고 있다가, 봄이 되면 기지개를 쭉 켜고 고개를 내밀고 밖으로 나와."

설명을 듣고 보니 가늘고 연약한 가지가 기지개를 켜듯 해님을 향하여 힘차게 뻗쳐있었다. 작은 야생화에 담겨있는 아름다움과 신비로움이 경이롭게 다가왔다.

"세상의 모든 것들은 그 이름을 불러줄 때 비로소 우리 곁에 정답게 다가온단다."

보이는 것이 다가 아니었다.

미처 안 보였던 이 세상에 아름다움이 널려있었다. 날이 갈수록 몸과 마음이 눈에 띄게 자라고 있는 원국이가 고마웠다.

"공부가 힘들지?"

"수학이 어려워요."

"그래도 수학은 잘 배워야 해. 숫자에 대한 배움은 살아가는 데 매우 중요해."

초등학교도 제대로 졸업 못 하고 상경한 원국이기에 배움은 꼭 필요했다.

낮과 밤 구분 없이 '물랭루주'에서 잔일이 쌓여있어 정해진 시간에 학교를 다닐 수가 없었다. 지난해부터 은지 누나가 마련해준 교재로 '중학교 졸업 학력 검정고시'를 준비하고 있다.

"아무리 힘들어도 매일 공부하는 시간을 건너뛰면 안 돼!"

"어제도 밤늦게 수학 공부했어요."

얼굴에 자신감이 묻어있다.

"그렇다고 밤을 새우진 말고."

"2시 넘으면 졸려서 공부하고 싶어도 못 해요."

남산 팔각정이 가까워질수록 서울의 전경이 넓어져 북악산 너머 북한산도 모습을 나타냈다.

"난 믿어. 우리 원국이가 합격하리라."

양지꽃도 방긋~ 미소를 보냈다.

'떨어지면 누나가 얼마나 실망할까?' 주먹을 불끈 쥐어본다. 오름길에 만개한 꽃들이 희망의 봄이 와 있음을 그들의 진한 향내로 알려준다.

파란 하늘을 보았다. 하늘 캔버스에 큰 뭉게구름과 작은 뭉게구름이 손잡고 흘러간다. 은지 누나가 원국의 손을 꼭 잡았다.

종로경찰서

누리가 녹색으로 덮여 있는 숲속에서 큰 꽃을 피운 참나리가 키를 맘껏 높이고 나비를 유혹한다.

한여름 강렬한 태양도 높은 온도를 주어 광합성을 최적으로 만들어 주기 위해 힘을 보태고, 줄기 끝에 크게 핀 나리꽃은 품어내는 향내로 찌는 더위를 식혀준다.

무궁화가 피고 지고를 반복하는 삼복더위 속.

일제 강점기 청계천을 사이에 두고 북촌과 남촌으로 갈라져 일본 야쿠자와 대적했던 조선 주먹들이 자주 오갔던 종로경찰서 조사실에는 선풍기가 쉼 없이 돌아가고 있다.

"너 태권도 하냐?"

"예."

형사 앞에서 수갑을 차고 고개를 숙이고 앉아 있다.

"대회에도 나갔네?"

"전국체전 서울 대표로 출전했습니다."

"그래서 힘이 좋군. 그렇다고 아무한테나 펀치를 날리면 돼?"

선풍기는 계속 돌고 있지만 땀이 등줄기를 흘러내리는 취조실.

"누님한테 너무 막 대해서 참을 수가 없었습니다."

"그러면 빨리 경찰한테 신고해야지 술에 취한 사람을 패면 안 되지."

"처음엔 저도 때리지 못하게 말리려고 애를 썼습니다. 형사님."

눈물이 땀인지 분간은 안 되지만 뺨을 타고 흘러내린다.

"그분이 막무가내로 따귀를 마구 때리면서 욕까지 퍼부어 저도 모르게 주먹이 날아갔습니다."

"야. 그러니까 태권도 선수가 주먹을 날리면 그게 주먹이냐. 무기지!"

"무기요?"

"그래, 무기다. 일반 사람도 주먹을 날려 상해를 입히면 형사처벌을 받는데 넌 태권도 선수니 어쩔 수가 없어."

"많이 다쳤나요?"

"서울 대표께서 정권을 날렸으니 오죽했겠냐. 이건 그로기 상태가 아니고 아예 혼수상태로 표현할 수밖에 없어."

걱정이 파도처럼 밀려왔다. 미래의 꿈을 이루기 위해 검정고시도 쳤고 앞으로 해야 할 일은 더 많은데 검은 구름이 몰려오고 있다.

"형사님, 어떻게 되는 건가요?"

대답을 기다리는 원국의 마음은 일 초가 여삼추였다.

""넌 네가 팬 사람이 누군지 아냐?"

"우리 가게에 자주 오는 분인데요."

그 손님이 업소에 발을 들이면 사장은 물론 직원들 모두가 무슨 임금이라도 행차한 듯 비상이 걸렸다. 업소 한 모퉁이 제일 넓은 방에 2인조

밴드와 여자들이 들어가면 방 앞에는 수문장인 양 종업원이 지키고 있었다.

가끔 관할 경찰서에서 유흥 지역을 담당하는 형사가 와서 은근히 손님이 있으신 곳을 묻곤 했었다.

"야, 그 사람 권력 기관에 있는 분이야!"

그분은 '청'이라는 권력 기관의 높은 분이었다.

"넌 걸려도 크게 걸린 거야."

"…."

"지금 그분이 절대로 널 용서할 수가 없대. 넌 살인미수까지는 그렇지만 특수상해죄에다 잘못하면 교도소에서 10년을 살 수도 있어."

도대체 먼저 잘못한 사람은 그 사람인데 어떻게 이런 큰 죗값을 치러야 하는 건지 도저히 이해가 안 되었다. 이 순간 자기 자신이 할 수 있는 일은 아무것도 없었다.

그저 수갑 찬 두 손을 모아 평소에 관심조차 안 가졌던 '하나님'을 찾았다.

"야. 그래도 많은 사람이 정성으로 탄원서를 내고 누나가 너무 애원하니 혹시 판사님이 정상참작해 줄지는 모르지."

맑은 하늘에 번개가 치며 천둥소리가 들리며 세상이 암흑으로 변했다. 그래도 형사님의 마지막 말은 작은 희망을 담았다.

"넌 아직 17세이니 혹시 소년원으로 갈지도 모르겠다. 기도 열심히 하고 기다려 봐."

무의식적으로 하나님을 찾은 원국 이를 독실한 신자인 줄 알고 충고해 준다.

베토벤의 '운명 교향곡'이 취조실에 울려 퍼진다.

소년원에서

법무부 호송차에 실려 빛바랜 회색 학교 정문을 들어선다. 쇠로 된 묵직한 문을 지나 훈육 선생님 앞에 횡렬로 정렬했다.

"밖에서 가져온 물건은 모두 바구니에 담습니다."

어떤 물건이고 예외 없이 주머니에서 꺼내 일일이 확인을 받는다.

"옷도 모두 벗습니다."

입었던 겉옷은 벗고 속옷 바람으로 신체검사를 받은 후 학교에서 제공한 같은 색의 교복으로 갈아입었다.

"머리 규제는 안 하지만 학교에는 머리를 말릴 수 있는 헤어드라이어가 없다. 스스로 판단하길 바란다."

몸 자체로 위압감을 주는 훈육 선생님의 말씀이다.

너나 할 것 없이 머리를 짧게 자른다. 대외적으로는 학교라 불리는 소년원 입소를 위한 기본 외모가 갖추어지고 곧이어 생활용품이 지급되었다.

다시 철문을 열고 긴 복도를 따라 들어가 5명이 거주하는 8평 작은 방의 문을 열었다.

중앙엔 텔레비전이 턱 버티고 있는 직사각형 방 안에 벽을 따라 자기 물건을 보관하는 관물대만 있는 단순한 구조다. 화장실, 세면장, 샤워장은 공동시설을 이용한다.

"취침 시간 이후에 화장실 세면장을 사용하려면 허락받아야 한다."

강력한 지시사항이 하달되었다.

각 방은 CCTV로 24시간 감시되고 있으며 문은 쇠창살로 봉쇄되어 있다. 하루 동안 긴장 속에 있었더니 자연스레 다리는 펴지고 등은 벽에 닿았다.

"77번 자세 고정!"

어떻게 알았는지 경고 방송이 나온다.

이곳은 집이 아니었다. 쉴 때도 양반다리 자세로 앉아 있어야 하고 등을 기대거나 누우면 안 된다. 휴식 시간에 화장실 가는 것을 제외하곤 방밖으로 벗어나지 못한다.

자기 직전에 양반다리로 꼿꼿이 앉아서 인원 체크도 하고 일어나서도 기상 점호, 식사 시간에도 식사 점호를 한다. 자해 등의 사고 방지를 위해 취침 시간에도 형광등은 항시 켜져 있다.

불이 켜진 채로 쉽게 잠들지 못한다고 이불을 머리까지 덮고 자거나 수건으로 눈을 가리고 자도 안 된다. 식사할 때도 열을 맞추어 간다.

모든 게 긴장되고 어설프지만 몇 날을 보내다 보니 낯선 환경이 점차 적응되어갔다.

오히려 밤에 형광등을 켜 놓는 것이 좋은 점도 있었다.

방엔 책상이 있었다.

고시원에서 공부한다는 마음가짐으로 자세를 똑바로 하고 책을 펼쳤다. 건물 밖으로 나올 수 있는 건 야외운동을 할 때인 체육 시간이 유일하기에 시간 대부분을 책과 벗하며 지냈다.

은지 누나는 휴일이 되면 어김없이 면회를 와서 학습 상황을 점검했다. 소년원에서는 열심히 공부하는 학생에게는 학업에 대한 배려를 해주었다. 사회에서 얻지 못한 학력을 취득하기 위해 검정고시 응시에 대비한 특강도 개설되어 있다.

수학 공부도 열심히 했지만, 자기 능력이 이공계적인 소질보다는 사회적인 소양이 탁월하다는 선생님의 의견이 있었다. 은지 누나도 '공통수학' 정도 이해했으면 되었다고 선생님 지도에 따라 인문계로 방향을 바꾸는 데 동의해 주었다.

생각을 바꾸니 소년원에서 지내는 지금이 사회보다 더 공부하기 좋은 환경으로 다가왔다. 또래 아이들처럼 책가방을 들고 학교에서 공부하고 싶은 마음이 간절했지만, 일 때문에 그럴 수가 없었기에 어찌 생각하면 행운이라고 의미를 부여했다.

이곳에서는 먹여주고 입혀주고 재워주고, 하고 싶었던 공부도 전념할 수 있으니 갇혀 있다는 생각이 안 났다.

학업은 중학교 졸업에 준하는 검정고시 합격증이 있으니 고등과정을 이수하면 대학에 갈 수 있다는 희망도 생겼다.

그런 간절함은 다른 원생들이 잠이 든 시간에도 늦게까지 책을 펼치게 했다. 오히려 선생님이 잠을 충분히 자라고 타이르실 정도였다.

직은 행복들이 밀려왔다. 행운은 행복을 가져다 주고 행복은 어떤 상황 속에서도 언제나 존재하고 있음을 깨달았다.

그렇게 해가 세 번 바뀌었다.

'고등학교 졸업 학력 검정고시'도 너끈히 합격했고 '워드', '엑셀' 등 컴퓨터 관련 자격도 취득했다. 다시 사회에 나가면 어떤 일을 해도 잘 살 아갈 자신이 생겼다.

봄을 알리는 전령사 '복수초'가 동토의 얼음을 뚫고 세상에 나올 때 원국이도 학교라 불리는 졸업장 없는 소년원의 정문을 나왔다.

육중한 문이 열렸지만 눈물이 쏟아졌다.

반겨줄 누나가 없었다.

기독 공원묘원

더위도 물러가고 길가 은행나무와 벗나무는 푸르렀던 초록의 잎에 색을 입히고 있다.

아스팔트에서 뒹굴며 놀던 낙엽이 살랑살랑 거리를 훔치는 가을바람에 갈 길을 못 찾아 이리저리 헤맨다.

아파트가 밀집된 일산 신도시를 빠져나와 포장이 덜 되어 먼지가 날리는 시골길을 간다. 제법 큰 정미소가 있는 삼거리에 닿았다. 버스에서 내려 넓은 진열대에 갖가지 색의 꽃다발을 팔고 있는 가게에 들렀다.

그중 빨간색을 고른다.

"이 꽃 생화죠?"

꽃이 너무 화사해서 주인에게 물었다.

"그럼요, 생화죠."

"풍성하게 꽂아주세요."

한 아름 가득 빨간 꽃 한 다발을 가슴에 품고 가게 옆 농로를 따라 걸었다. 농로 양쪽 논에서는 벼가 따사로운 가을 햇살 아래 수줍게 익어가고 있다. 조물주 창조의 권능에 고개 숙인 겸손한 모습이다.

커다란 십자가가 걸려있는 화강석 정문을 지난다.

능선이 3개나 되는 산자락에 좌우로 열을 맞춰 조성한 넓은 공원묘지이다. 공원에 울려 퍼지는 복음성가는 이곳이 또 하나의 하나님의 세상임을 알려준다. 저마다의 사연을 간직하고 누군가에게는 소중한 사람들이었을 묘비들의 이름을 살펴보며 능선 하나를 넘었다.

능선 마루에 팔각정을 지나 언덕을 하나 더 넘는다. 몇 달 동안 새로운 묘가 많이도 조성되었다.

7구역 '10열 4번째 1004번' 묘 앞에 섰다.

두 손을 모으고 누나에게 고개를 숙인다. 누나와의 지난 추억이 엊그제같이 선명하게 주마등 되어 스쳐 간다.

그리움이 파도가 되어 뺨을 타고 흐르는 눈물은 어찌할 수 없었다. 눈물을 닦고 삼키며 묘비 옆 꽃꽂이에 빨간 꽃을 꽂았다.

가방에서 하얀 수건을 꺼내 묘비와 단을 닦고 1평 남짓 작은 산소 주변을 보듬었다.

누나가 자주 마셨던 '박카스' 한 병은 뚜껑을 따서 묘 앞에 놓았다.

파란 하늘을 본다.

소년원에 가기 전 봄날.

누나와 남산을 오르며 바라보았던 하늘에도 파란 하늘에 뭉게구름이 두둥실 떠다니고 있었다.

그날 누나는 '양지꽃'을 알려주었다. 이 가을이 지나고 겨울이 가고 복수초가 필 때면 그 양지꽃을 만나러 갈 거다.

예쁜 누나가 미소를 짓는다.

"우리 원국이 왔네."

그리고 안색이 바뀌었다.

"아프지 않지?"

흘러내리는 눈물을 닦아내면서 가슴속에 품고 다니는 빨간 봉투 안에 하얀 편지를 꺼냈다.

누나가 남긴 편지

"원국아, 매우 힘들었지?

그래도 누나는 우리 원국이가 그곳에서 열심히 살아가는 모습을 보고 너무 좋았단다.

그래, 잘했어. 어려운 검정고시도 합격하고 자격증도 취득하고 역시 원국이는 마음만 먹으면 무엇이든 할 수 있어.

앞으로도 어떤 어려운 상황에 부닥쳐도 주저앉지 말고 헤쳐나가는 멋진 남자가 돼야 해!

누나가 몸이 안 좋아 멀리 떠나게 될 것 같아.

절대로 울지 마.

사람이 만나고 헤어지고 병들고 죽고 하는 것은 인간의 정해진 이치야.

우리 원국이도 알지?

사람은 유한한 존재고 언젠가는 하나의 원소가 되어 무한한 우주 속에 깜박이는 별이 된다는 것을.

누나는 별이 되어 언제나 같이 있을 테니 우리 원국이는 혼자가 아니야.

세상을 살면서 슬픈 인생은 살지 마.

이 세상에 모든 것은 다 이래.

"이 또한 지나가리라!"

원국이도 인제 영어를 잘하니 다시 쓸게.

"After all. this too, shall pass away!"

언제나 이 말 명심해.

우리 원국이가 새 삶을 시작하는 날 같이 있지 못해서 미안해~

원국아. 누나가 주는 작은 선물이야.

누나가 우리 원국이 이름으로 새롭게 만든 통장과 도장이야.

"돈은 버는 것 보다 쓰는 것이 중요해!"

그렇다고 구두쇠처럼 안 쓰면 안 돼.

쓸 때는 남자답게 멋지게 쓰는 거야.

그렇지?

외롭고 누군가가 보고 싶을 때는 처량하게 울지 말고 하늘을 봐!

밤하늘에 반짝이는 수많은 별 중에서 보고 싶은 사람의 별도 찾아보고.

언제나 우리 원국이는 이 세상에서 가장 소중한 존재야.

새로운 만남

미란이와 명숙이가 무교동 횟집을 찾았다.

"무얼 드릴까요?"

온갖 물고기 사진이 담긴 메뉴판을 펼치고 주문받는다.

아무리 들여다보아도 그게 그것인 양 어느 것을 선택할지 모르겠다.

"아, 그게….."

재촉의 눈초리를 의식하며 말문이 막혔다.

막상 횟집을 들어왔는데 몇 달 전에 맛있게 먹었던 회가 어떤 물고기인지 전혀 생각이 안 난다. 내륙 지방에선 생선회를 접할 기회가 많지 않아서이다. 당황하여 얼굴까지 붉어졌다.

"아. 그러니까."

말을 잇지 못한다.

"아저씨. 잠깐만요. 그러니까….."

아저씨 같지 않은 젊은 종업원에게 건네는 말이 애원조가 되었다.

몇 초의 시간이 더 흐르고

"아저씨. 맞아요! 그거예요, 그거."

뉴런이 바쁘게 움직여 고심 끝에 답을 찾았다.

"그거요?"

말의 의미를 이해할 수 없어 되물었다.

"예. 숭어!"

자신 있게 찾아낸 '아르키메데스'의 '유레카!'의 감격이다.

"숭어? 아, 예."

손님의 깊은 뜻을 이해했다.

"몇 달 전 여기서 모두가 맛있게 먹었어요. 숭어예요."

분위기를 파악한 아저씨라고 불린 젊은 종업원이 공손하게 말을 받는다.

"불쾌하게 생각하지 마시고요. 제가 추천을 드리겠습니다."

"왜? 숭어가 없어요?"

미란이 의아한 표정으로 말을 받았다.

"그게 아니라, 숭어는 봄 생선이라 지금은 먹는 시기가 아닙니다."

처음 듣는 말이다.

"생선이 먹는 때가 정해 있나요?"

"예. 회만큼은 제철에 맞는 생선을 택하셔야 합니다."

무식이라는 단어가 내포된 부끄러움이 진심이 담긴 권유에 친밀감으로 바뀌었다.

가식을 털어내고 조언을 구한다.

"그러면 아저씨가 추천해 주세요."

'아저씨'라는 말에 잠깐 흠칫하더니 답을 낸다.

"봄에는 숭어지만 가을엔 전어나 방어를 많이 찾으십니다."

"어느 것이 비싸요?"

"가격은 방어가 조금 더 비쌉니다."

"왜요?"

"특히 대방어는 바라보기만 해도 약이 된다고 해서 보양 생선으로 알려져 있습니다."

"전어는 맛이 어때요?"

옆에 명숙이가 추가 질문을 냈다.

"전어는 고소합니다."

"그러면 여기 이 장어는요?"

계속되는 질문에도 공손함은 한결같다.

"그러니까 장어는."

장어에 대한 개론이 펼쳐지려 할 때 미란이 말을 막았다.

"아니에요! 되었어요. 저희 전어로 할게요."

가격표를 힐끔 본 명숙이도 고개를 끄덕인다.

값비싼 레스토랑의 웨이터처럼 긴 시간의 주문을 받은 아저씨 종업원이 등을 돌렸다.

생선회가 나오기 전 오징어튀김이 있는 상이 차려진다.

"미란아. 우리 오징어회 생각을 못 했네?"

"아니야. 나도 그때 오징어회 말했더니 사장님이 이곳에선 오징어회는 시키는 것이 아니래."

"왜?"

"나도 몰라."

고소한 오징어튀김 하나가 입에서 사라질 즈음에 전어회가 나왔다. 중앙에 '전어회' 말고 또 다른 회가 작은 접시에 담겼다.

"아까 말씀드린 '방어'는 이겁니다."

맛보기로 내온 접시에 정성이 담겼다. 조개도 있다.

"이것은 '가리맛조개'인데 흔히들 '맛조개'라고 합니다. 맛있습니다. 드셔보세요."

아저씨 종업원에게 수산물 강의와 실습을 받는다.

"방어는 고소함을 더 많이 느끼시려면 간장보다는 된장에 약간 찍어 드시는 것이 좋습니다."

전문적인 충언이 덧붙여졌다.

"맛있게 드십시오!"

공손히 고개를 숙였다.

"예, 아저씨."

명숙의 들뜬 대답에 고개를 든 미간에 잠시 일그러짐이 일어났다.

그리고 아주 섬세하게 작은 목소리로 속삭이듯 말한다.

"저 아저씨 아닙니다. 총각입니다. 사모님!"

웃으며 애교 있게 말하는 종업원의 말에 위트가 담겼다. 확실히 상황 파악을 한 명숙이가 즉답을 낸다.

"총각님! 저희도 사모님 아닙니다."

횟집의 담판은 공평하게 결론이 났다.

수산학에 대한 배움은 소중한 추억의 한 페이지로 남았다. 횟집을 나오면서 고마움을 서로의 눈인사로 대신하고 미소를 주고받는다.

'색수상행식'

불교 '오온'의 연기가 청춘 남녀에게 운명처럼 시작되었다.

북한산

하늘은 마냥 푸르고 높이를 더해 간다.

푸르던 잎이 색을 머금고 바닥에 뒹굴고 따사로운 햇살은 만추의 북한산을 원색의 세계로 만들었다. 알록달록 화사한 차림의 등산객 발걸음이 끊이지 않고 우이동 '만남의 광장'을 지난다. 우이동 코스는 북한산 정상인 '백운대'를 가장 빠르게 오를 수 있어 휴일이 되면 산님들로 붐빈다.

눈부신 파란 하늘 아래 북한산 주능선의 산그리메가 한 폭의 동양화가 되었다.

"미란아. 저기 좀 봐!"

북한산 3개의 주봉이 '山' 자를 그리며 고고하게 서 있다.

"우와!"

한 단어 감탄사로 명숙의 말에 맞장구를 쳤다.

'만남의 광장'에서 바라보는 북한산은 웅장함과 멋스러움 그 자체였다. 시선을 못 거두고 있는 두 사람에게 말을 건넨다.

"멋지죠? 왼쪽부터 만경대, 백운대, 인수봉입니다."

원국이 세 봉우리의 이름을 불러주었다.

"세 봉우리가 모여 있어 삼각(三角)처럼 보여 삼각산이라고도 불러요."

"북한산을요?"

"삼국시대 백제에서는 '한산' 통일신라에서는 '부아산'이라 불렀어요."

"왜 그렇게 이름이 많아요?"

미란, 명숙 두 사람이 번갈아 내는 질문에 전혀 막힘이 없다.

"한반도에서는 한강을 끼고 있는 이 지역이 예로부터 지형적으로 매우 중요한 전략적 요충지였던 거죠."

"그런데 왜 북한산이 되었죠?"

"일제 강점기 이후로 조선총독부에서 북한산이란 이름을 정식으로 사용하도록 한 거죠."

"그러면 뭐라 불러야?"

"요즘 주변 지방자치단체가 '삼각산으로 이름 되찾기' 운동을 벌이고 있어요."

알기 쉬운 해설에 고마움을 표했다.

"박사님! 존경합니다."

해박한 설명에 '수산물 선생' 원국에게 '북한산 박사' 학위까지 더해졌다.

태권도 금메달을 향한 꿈이 있던 시절이 있었다.

서울시 대표 선발전을 대비하여 체육관 관원들과 체력단련을 할 때 감독님은 북한산에 대해 많은 것을 알려주셨다. 그렇게 먼 시간 속의 이야기도 아닌데 마치 다른 세계의 기억으로 남아있다.

명숙이 삼각산을 보며 시 한 수를 꺼낸다.

"가노라 삼각산아 다시 보자 한강수야

고국산천을 떠나고자 하랴마는

시절이 하 수상하니 올 동 말 동 하여라."

음률을 주어 멋지게 한 수 읊었다.

"누가 떠나는 거야?"

교과서에서 익히 알았던 시조지만 지어진 연유를 몰랐다.

"응. 이 시조는 고국을 떠나는 슬픔과 나라를 걱정하는 충심을 절절하게 담고 있어. 병자호란 때 죽는 한이 있어도 청나라와 끝까지 싸우자던 '척화파(斥和派)'의 한 사람인 김상헌이 지은 것이야."

"그래?"

"조선이 끝내 항복하고, 후에 청나라가 명나라와 싸울 때 조선에 파병을 요청하자 이에 반대하다가 청나라 심양으로 끌려가면서 다시 못 볼 것 같은 북한산을 바라보며 한 맺힌 마음을 남긴 거지."

거침없는 설명에 '북한산 박사'에 또 한 명의 여자 박사가 태어날 조짐이다.

"그러면 그분은 다시 돌아왔어?"

심층 탐색 모드가 되어간다.

"70세의 노구로 청나라에 끌려가 같이 인질로 잡혀간 소현세자와 함께 6년간 갖은 옥고를 치르며 포로 생활을 했어."

"충신이시네?"

"인물에 대한 시대적 평가는 분분하지만, 우리나라 선비의 절개와 지조의 상징적인 인물이셔."

가르침이 끝났다.

"넌 어디서 이런 걸 배웠냐? 난 여기까지는 안 배운 거 같은데?"

질문을 던진다.

"맞아. 역사 시간에 이렇게 자세하게는 안 배웠지. 난 아버지한테 하도 많이 들었거든."

"아버지?"

"아버지가 가문에 대한 말씀을 많이 하셨어."

"뭐, 성씨 본관 그런 거 말이야? 그러면 이 시조 쓰신 분이 같은 가문이야?"

"맞아. '안동김씨' 문중이라고 하셨어. 우리 집 안이 '안동김씨'야."

"그렇구나."

"그러니 이것 좀 안다고 내가 뭐 똑똑하고 잘난 사람이 아니니까 부러운 눈빛으로 안 봤으면 좋겠어."

솔직한 마음을 내는 명숙이가 귀여웠다.

"하하~"

호쾌한 웃음이 광장에 날린다.

'안동김씨 김상헌'의 겸손한 후손다운 명숙의 면모였다.

삼각산을 바라보며 우리네 역사도 되돌려 보고 정상을 향해 좀 더 걸음을 빨리한다. 등에 땀이 흘러내릴 즈음 '도선사' 갈림길에 크게 자리를 잡고 사바세계를 밝히는 '미소석가불' 앞에 섰다.

"마하 반야 바라밀."

저마다 합장을 하고 분별과 집착이 끊어진 큰 지혜로 피안의 언덕에 닿게 해달라고 대승적인 소원을 냈다.

오름을 시작한 지 한 시간도 안 되었는데 땀을 주체하기 힘들다.

"우리 쉬었다 가요!"

두 여성분의 외침.

"조금만 더 가요. 곧 편히 쉴 수 있는 좋은 곳이 있어요."

"얼마나?"

"보이지요. 바로 저기 돌탑 쌓은 곳. 저기만 지나면 됩니다."

원국의 말을 믿고 다시 힘을 내어 무거운 걸음을 내디뎠다.

"누구나 산을 오를 때 처음 한두 시간 정도는 힘이 들어요."

"원국 씨도요?"

"그럼요. 그 힘듦만 조금 참고 견뎌내면 우리 몸이 적응해서 쉽게 오를 수 있어요."

"얼마나요?"

"한 1시간 정도."

"아직 한 시간이 안 지났어요?"

여성분들이 아우성이다.

"원래 힘이 들면 시간이 길게 느껴져요. 아인슈타인의 상대성이론이 적용되어 잘 안 가는 거죠."

"그래도 좀 쉬었다 가죠?"

"아주 조금만 참아요. 이 힘든 시점을 '죽을 사'를 써서 '死점'이라고 해요. 영어로는 'dead point'라고 하고요."

영어 단어까지 인용하면서 원국이 학술적인 견해까지 피력하며 중간 쉼을 막았다. 두 여자의 원성을 감각적으로 느낀다.

태권도 금메달의 꿈을 갖고 북한산에서 숨이 턱에 차고 땀을 비 오듯 쏟으며 대회를 앞두고 사력을 다해 이 길을 올랐다.

그야말로 지옥 훈련 그 자체였다.

그때도 이맘때였지만 너무 힘이 들어서 주변에 정경은 보이질 않았다. 무심하게 지나쳤던 북한산이 오색 단풍 길에 떨어지는 도토리 소리와 야생화의 미소까지 더해져 선계의 세상으로 다가온다.

고갯마루에 닿았다.

드디어 쉼터에 도착해 배낭을 내려놓고 흐르는 땀을 닦으며 물 한 모금을 마신다. 목마르다고 물을 벌컥벌컥 들이켜선 안 되고 한 모금 한 모금 천천히 마셔야 한다고 원국 씨의 잔소리에 눈치를 보며 쉼을 가졌다.

고개 이름은 '깔딱고개'라고 불리는 '하루재'였다.

백운대

태극기가 바람에 휘날린다.

그 아래 '836.5'라고 새겨진 커다란 정상석이 놓여있다.

일제가 민족정기를 말살하기 위해 쇠말뚝 박은 곳을 제거하고 국기봉과 정상석을 놓았다. 일제는 우리나라 산과 지맥이 통하는 여러 곳에 쇠말뚝을 박았다.

산님들이 인증사진을 담으려고 긴 줄을 서서 차례를 기다리고 있지만 모두의 얼굴에는 화사한 웃음과 자존감이 충만하다.

"야! 와!"

누구나 백운대에 서면 절로 나오는 감탄사다.

북쪽으론 5개의 봉우리가 일렬로 정렬한 '도봉산'이 보이고 동쪽으론 '수락산'과 '불암산'이 감싼다. 남쪽에는 '남산'이 서울의 중앙을 차지하고 버티고 있고 그 너머에는 관악산이 서울의 길목을 지킨다.

서쪽으로는 날이 청명하니 유유히 흐르는 한강 너머로 인천 바다가 아스라이 모습을 보인다. 버스에 내려 오름길 초입에서 보았던 삼각산의 진 모습을 가까이서 대하니 감개무량했다.

하늘엔 하얀 구름이 파란 캔버스 위에서 마음껏 그림을 그리고 가을바람은 흘러내린 땀방울을 닦아내며 상큼함을 선사한다. 보면 볼수록 탄성이 나오는 절경이었다.

태조 이성계와 무학대사가 한양을 도읍지로 정한 이유이다.

수도 서울의 진산인 북한산의 위용 앞에 말문을 닫고 펼쳐지는 선계에 넋을 놓았다.

"입 다물어! 먼지 들어간다."

화들짝 놀라 벌어진 입을 다물었다.

"저 봉우리는 이름이?"

원국을 바라보며 묻는다.

"만경대라고 해요. 저 만경대와 여기 백운대 그리고 저쪽 민머리 봉우리인 인수봉을 합쳐 삼각산이라고 하는 거죠."

"여기 정상에 서니 아까 읊은 '가노라 삼각산아~'가 더욱 실감 나게 다가오네요."

"사방이 탁 틔어 막힘이 없고 한강도 흐르고."

"풍수지리상 최고의 명당이죠."

"김상헌이 청에 끌려가며 북한산에 바람을 전한 연유가 이해됩니다."

역사 의식이 한 단계 높아졌다.

잠시 명숙이가 정경에 취해 집안 어른 시조를 읊조리며 한눈을 파는 사이 미란 원국 두 남녀는 서로의 손을 꼭 잡았다.

그리고 무언의 약속을 한다.

"우리 북한산처럼 변치 않고 사랑합시다."

1억 7천만 년 전 쥐라기 시대 탄생한 북한산에서 미란과 원국의 시간과 공간을 뛰어넘는 '백운대 맹약'이 체결되었다.

　　'白雲'

　　희망과 꿈을 가득 싣고 하얀 구름이 백운대를 감싸고돈다.

겨울 이야기

하얀 눈이 온 세상을 백설 공주가 사는 순백의 세계로 만들었다.

치악산 고갯마루를 넘는 버스 창가에 하얀 눈송이가 깃털처럼 날려 머물면서 정경을 가린다. '꿩의 전설'을 간직한 치악산의 긴 내리막을 달린다.

원주에 산다고 하면 "아, 그 치악산 있는 도시?"라고 할 만큼 원주와 치악산은 하나가 된 관계다. 날씨만 좋으면 정상인 비로봉의 돌탑을 어렴풋하게 볼 수 있을 정도로 멀지 않다. '서울의 북한산'이나 '광주와 무등산'처럼 도심 어디서나 볼 수 있고 유구한 세월을 그 아래 터 잡고 살아가는 민초들의 삶을 묵묵히 바라보면서 지켜주고 있다.

"치악산? 무슨 뜻일까?"

원국이 바깥 정경에 눈을 떼지 못하고 미란에게 물었다.

"감동적인 보은의 전설이 있어."

"보은?"

"꿩이 은혜를 목숨으로 갚은 전설."

원주 토박이인 미란이 고향 이야기를 들려준다.

아주 옛날 젊은이가 과거시험을 보러 치악산 고개를 넘다가 커다란 구렁이를 만났다.

구렁이의 날름거리는 긴 혀 앞에는 몸을 바들바들 떨고 있는 '꿩'이 보였다. 절체절명의 순간에 화살을 쏘아 구렁이를 죽이고 꿩을 구해준 후 걸음을 재촉하며 산길을 걸었다. 해가 지고 날이 어두워지자 묵을 곳을 찾던 중, 수풀 속에 홀연히 서 있는 기와집 한 채가 보인다.

그 집에는 소복을 입은 젊은 여인이 집을 지키고 있었다.

'참으로 고운 젊은 여인이 안 되었구나.'

측은지심을 갖고 허기진 배 속에 정성스럽게 챙겨준 밥도 얻어먹고 기분 좋게 깊은 잠에 빠졌다.

한 참 꿈속에서 헤맬 때 몸이 쪼여 들고 숨쉬기가 불편해 눈을 뜨니 어느 순간에 구렁이가 젊은이의 몸을 칭칭 휘감고 있었다.

구렁이는 낮에 꿩을 살리려고 화살을 싸서 죽인 구렁이의 아내였다.

"남편의 원수를 갚기 위해 너는 목숨을 내놓아야 한다."

그런데 한 가지 조건이 있었다.

"새벽에 빈 절에 있는 종이 세 번 울리면 살려준다."라고 했다.

첩첩산중 반절에 누가 와서 종을 칠 리 없었던 터라 젊은이는 살기를 포기하고 죽기를 기다릴 수밖에 없었다.

그런데 새벽이 되니 종소리가 세 번 울렸고 정신을 차려보니 구렁이와 기와집은 온데간데없이 사라져버렸다. 구사일생으로 목숨을 구한 젊은이가 종각으로 가 보니 종 밑에서 꿩 세 마리가 머리가 깨진 채 죽어 있었다.

감동한 젊은이는 한양길 과거시험을 포기하고 날짐승이지만 목숨으로 은혜를 갚은 꿩의 영혼을 달래기 위해 그 자리에 절을 짓고 살았다.

그 절이 지금의 '적악산 상원사'이다.

이 전설에서 유래하여 가을이 되면 산 전체가 빨갛게 물든다고 '적악산'의 '적(赤)'이 꿩 '치(雉)'로 바뀌어 '치악산'이 되었다.

"보은을 목숨으로 갚고 어찌 보면 동물이 사람보다 더 나은지 몰라."

원국이 설화지만 감동을 받았다.

"사람은 배신하지만, 강아지만 봐도 절대 주인을 배신하지 않잖아."

미란이 말을 받는다.

강한 어조로 다짐한다.

"나 절대로 당신을 배신하지 않음!"

한갓 꿩의 이야기에 자신의 의지를 담는 원국의 뜻을 연결함이 이해가 잘 안 되어 물음을 던졌다.

"아니, 내가 당신 목숨을 살려주기라도 했어?"

"목숨보다 더한 것을 주었지."

"?"

"머무를 곳을 제공해 주었고 방황하는 나의 길을 알려주심은 물론, 이 세상에서 아무도 내게 해줄 수 없는 조건 없는 사랑을 주셨나이다."

원국의 거짓 없는 눈빛을 쳐다보니 농담이 아닌 것 같아 대꾸는 맘속에 남겼다.

"언젠가는 치악산 정상 비로봉에 올라 '미란 사랑해!'를 크게 외칠게."

원국이 확인하기 어려운 다짐을 한다.

"그건 좋은데 나중 치악산 가게 되면 뱀 조심해."

"뱀?"

"치악산엔 우리나라에서 제일 무서운 '까치살무사'가 많아 산행 중 마주칠지 모르니 조심!"

"그렇게 많아?"

"한여름에 비가 온 후 해가 나면 살모사가 길 가운데 똬리를 틀고 앉아 있기도 하고 계곡에도 많고."

치악산에 대해서는 미란이 한 수 위였다.

미란은 문득 피로 보온한 '꿩의 빨간 피'를 연상하다 백설 공주 이야기가 떠올랐다.

하얀 눈이 깃털처럼 흩날리던 날, 왕비는 흑단 나무로 만든 자수틀로 작업을 하고 있었다. 작업을 하던 중 하얀 눈을 감상하다 그만 손을 찔려 세 방울의 피를 눈 위에 떨어뜨렸다.

왕비는 떨어진 핏방울을 보며 눈처럼 하얗고 피처럼 새빨갛고 흑단처럼 까만 아이를 가지길 소망했다.

소원대로 얼마 지나지 않아 피부가 눈처럼 하얗고 입술은 피처럼 새빨갛고 머리카락은 흑단처럼 까만 딸을 낳았다.

왕비는 아이의 이름을 백설이라 지었는데 기쁨도 잠시 얼마 지나지 않아 산후병으로 세상을 떠나게 된다.

뱃속에서 발길질하는 생명의 움직임을 느끼며 미란은 다짐했다.

"나는 백설 공주 같은 예쁜 아이를 낳고 절대 죽지 않을 테야."

광복군

치악산이 길게 산그리메를 만드는 정경을 앞에 두고 병풍이 쳐진 대청
마루에 놓여있는 향나무 탁자에 어르신과 마주 앉았다.

"밀양이 고향이라 그랬나?"

동양 성리학의 대가로 지폐에 새겨진 '이황' '이이' 옛 선비님의 풍채
에 버금가는 미란 씨 아버님이 말씀하신다.

"예, 그곳에서 초등학교를 다녔습니다."

"아버님은 안 계신다고?"

"일찍 돌아가셨습니다."

"어머님은?"

"아버님보다 먼저 칠성님에게 가셨습니다."

'칠성님' 단어를 듣는 순간 어르신이 잠시 흠칫하신다.

"자네가 칠성님을 아네?"

"제가 4학년 때 어머니께서 거동치 못하시고 누워 계실 때 '엄마가 곧
칠성님한테 갈 거라' 자주 말씀하셔서 그 뜻을 새겼습니다."

"모친께서 사찰에 다니셨나?"

"제 기억으로는 밀양에 '표충사'라는 절에 저를 데리고 종종 가셨습니다."

"아버님은?"

"아버님은 지방에 자주 나가 계셔서…."

말을 흐렸다.

"알았네. 혹시 자네는 '김원봉'이라는 이름을 들어본 적이 있는가?"

사위가 될 사람의 이름이 '김원국'이라 무언가 관련이 있지 않을까 해서 물으신다.

잠시 주춤거리다 심호흡 한 번 하고 정중히 답을 드렸다.

"솔직히 말씀드리겠습니다."

"솔직히?"

"부모님께서 어렸을 때부터 '조선의용대' 이야기를 해 주시면서 '김원봉 대장' 말씀을 자주 하셨습니다. 그렇지만 밖에 나가서는 함부로 말하지 말라고 늘 당부하셨습니다."

불과 몇 년 전만 해도 '조선의용대'는 함부로 말할 단어가 아니었다.

"나한테는 다 털어내도 괜찮네. 우리 집안도 김원봉 대장이 광복군에서 독립운동할 때 같이 일제와 맞서 싸운 집안이네."

말씀에 나이가 어리다고 해라가 없으시다.

"휴~"

안도의 한숨이 저절로 나왔다.

"역시 그랬군. 알겠네. 김 대장의 집안이군?"

"예. 그렇다고 말씀하셨습니다."

"그럼 아버님이 고생을 많이 하셨겠네?"

"제가 자세히는 모르지만, 아버님이 힘들어하시는 모습을 자주 뵈었습니다."

"맞아, 그러셨겠네. 나는 그 마음을 알지."

앞에 펼쳐지는 치악산 자락을 바라보시며 고개를 끄떡이셨다.

"어머님도 고생이 많으셨지?"

"장터에 나가서 장사하셨습니다."

연신 고개를 끄떡이시며 생각에 잠기신다.

"이리 와 보게."

어르신과 미닫이를 열고 앞방에 들었다.

무궁화 무늬 벽지 한가운데에 빛바랜 사진 2장과 옆에는 훈장이 나란히 걸려있다.

"이분이 상해임시정부 광복군 지청천 총사령관이시고 옆에 계신 분은 참모장 이범석 장군이시네."

1937년 중·일 전쟁 후 각지에 흩어져 독립운동하던 애국 단체들은 충칭의 대한민국 임시정부를 중심으로 단합하고, 광복군을 조직하였다. 총사령관에 지청천, 참모장에 이범석이 선출되었다.

1941년 '태평양 전쟁'이 발발하자 광복군은 대일 선전 포고를 하였다. 이후 1943년 영국군과 연합 작전을 수행하고, 1945년에는 9월 국내 수복 작전을 세워 놓고 치밀한 훈련을 했다.

그러나 한 달 앞서 일본 천황의 무조건 항복으로 뜻을 펼치지도 못하고 8·15 해방을 맞았다. 2차 세계대전 당시 프랑스 '드골'처럼 연합군의 일원으로 본토 해방에 참여하여 자국 독립에 주도권을 갖고자 했던 '백범 김구'의 꿈이 산산이 부서졌다.

또 다른 빛바랜 사진이 나란히 걸려있다.

"이 사진은 광복군에 나중에 합류한 김원봉 제1 지대장 겸 부사령관이고 옆에 계신 분이 우리 선친이시네."

조선의용대 일부 세력은 1942년 한국광복군에 합류한다. 김원봉 대장은 1944년 대한민국 임시정부 군부 부장으로 임명되고 광복군 제1 지대장과 부사령관을 맡았다.

모든 것이 풀렸다.

어르신이 덥석 손을 잡으셨다.

"앞으론 허리를 쭉 펴고 꿋꿋하게 살게!"

어르신의 강한 기가 단전에 전해졌다.

'나라를 구한다'는 뜻을 가진 '원국'의 눈에 이슬이 맺힌다.

"허허허~"

어르신의 파안대소가 기쁨과 회한이 교차하는 분위기를 반전시켰다.

"됐네. 이제부터 자넨 혼자가 아니야. 허허허~"

사나이 눈물이 볼을 타고 흐른다.

달빛이 포근히 내려앉은 대청마루에서 차 한 잔을 마실 시간이 지나갔다. 어르신에게 '김원국'은 백년손님이 아니라 아들이 되어있었다.

"동대문 평화시장에는 독립운동하시던 후손들이 자리를 많이 잡고 있어. 우리네 집안도 있고. 장사를 하게!"

명령이었다.

"누구나 처음 대하는 일은 걱정이 앞서는 법이야. 일하다 실수해도 괜찮아. 내가 뒤에서 언제나 버팀목으로 서 있다고 생각하게! 알겠지!"

화산이 폭발하여 마그마가 흘러내리듯 심장을 타고 오르는 뜨거운 기운이 온몸을 감싼다. 자신도 모르게 내면에 있는 또 하나의 원국이는 몸을 바닥에 넙죽 엎드리게 했다.

기억도 가물가물한 피안의 저편 언덕 너머 아주 오래전이었다. 정확하게 특정 지을 수는 없지만, 아버님인지 어머님인지 명절에 용돈을 받기 위해 세배를 드렸던 희미한 기억이 주마등 되어 스친다.

절을 올렸다.

"어, 가만있어 봐."

미간을 활짝 열고 환한 웃음을 머금은 장인어른이 국화가 새겨진 자개장에서 제법 두툼한 빨간 봉투를 꺼내신다.

"자, 이것은 절값. 절을 받았으니 값을 치러야지."

추석 용돈으로 은지 누나에게서 받았던 빨간 봉투를 두 번째로 받았다.

새로운 세상이 펼쳐졌다.

하늘을 본다.

둥근달이 구름 속에 숨었다. 서서히 모습을 나타낸다.

엄마와 닮은 은지 누나가 열렬히 손뼉을 치며 원국이의 영어실력을 평가하는 양, 한 자 한 자 또렷하게 말을 했다.

"Tomorrow is another day!"

Chapter 3 .

두레

재회

청계천 오간수문을 흐르는 물줄기가 색을 머금었다.

청계천에 살포시 내려앉은 낙엽이 뚝섬을 향해 길을 재촉한다. 몇 번 와봤지만, 평화시장에서는 통로를 걸으며 어깨를 부딪치는 것은 실례가 아니다.

오가는 틈 속에서 진열대 상품을 놓치지 않고 보려고 정신을 집중했다. 재킷, 바지, 티, 모자, 양말 등 다양한 아웃도어 제품을 파는 점포에 발을 멈췄다.

"사장님, 이 조끼 얼마예요?"

노란색 조끼를 들었다.

"한 개씩은 안 파는데."

두툼한 겨울 재킷을 들고 고객과 흥정하다 답한다.

"한 개 아닙니다. 20벌."

"잠시만요."

먼저 온 손님과 흥정을 마저 끝낸다.

"다음 주 새 디자인 나올 때 바로 택배로 보내주세요."

꿈두레
＊

"월요일 새벽입니다."

대량 구매 건의 계약을 마친 후 돌아섰다.

"미안합니다. 기다리게 해서."

눈빛과 말씨가 장사하는 분들과는 다르게 온화함과 친근감을 준다.

"얼마예요?"

"한 벌에 최소 1만 원은 받아야 하지만 뚝 잘라 7천 원."

예상외로 너무 싸서 의구심이 들어 다시 확인 질문을 던졌다.

"괜찮아요?"

"뭐가요? 너무 싸서 걱정되나 봅니다."

마음을 읽는다.

"그게 아니고요. 물건의 질이?"

"하하! 여기 평화시장은 신용과 정직이 생명입니다."

외국 사람도 많이 찾는 곳이라 들었는데 괜한 의구심을 품어 홍당무가 된다.

"마크도 넣을 수 있죠?"

"1시간 정도 기다리면 됩니다. 한 벌당 3천 원 비용이 들어요."

마크를 새겨도 한 벌당 1만 원을 넘지 않는다. 이곳이 왜 '의류의 메카'인지 확실히 알게 되었다.

"그래. 글자는?"

"빨간 글씨로 자율방범대."

"좋은 일 하시네요."

"아, 예."

사는 지역에서 안전을 지키는 자율방범대의 팀장이다.

낮엔 통일부 산하 남북 통합문화센터에서 일하다가 저녁이 되면 2~3시간 동안 동네 순찰을 돈다.

그간 7년 동안 헌신적인 활동을 인정받아 지난해에는 장관 표창도 받았다. 그뿐만 아니라 의용소방대원으로 소화기 점검과 같은 시설물 관리도 돕고 지역 주민자치회에서도 직책을 맡고 있다.

"멋지십니다."

사장님의 말에 진심이 담겼다.

"아닙니다. 누군가는 해야 하는 일을 하는 것뿐입니다."

말씨에 겸손이 묻어난다.

"제가 좋은 일 하시는 분한테 이윤을 남길 수야 없지요."

"예?"

무슨 말인지 이해가 안 되어 되물었다.

"마크 넣는 비용은 제가 부담합니다."

옷값도 애초 예상했던 금액보다 엄청나게 싼데 정말 미안했다.

"아닙니다. 이 정도 금액이면 오히려 돈이 남습니다. 다 드릴게요."

솔직한 답이다.

"안 됩니다. 그럴 순 없습니다."

잠시 돈을 '내겠다, 안 받겠다' 실랑이가 벌어졌다. 이 광경을 유심히 지켜보던 사람들이 이상한 거래의 실체를 알고 미소를 짓는다. 결과는 '안 받겠다'는 의류 사장님의 승리로 끝났다.

게임에서 진 '최철민' 자율방범대 팀장이 머리를 긁적이며 물음을 냈다.

"사장님. 뭐 하나 여쭤볼게요?"

사장에게 조언을 구한다.

"뭐든."

승자의 여유로움이 묻어있다.

"여성 의류 파는 좋은 가게 소개 좀?"

"여성 의류요?"

"예. 아기엄마가 부탁해서."

아내에게 평화시장 간 김에 몇 가지 여성 의류 가격을 알아 오라는 명을 받았다.

평화시장은 한나절에 감내하기는 너무 넓어 이분이면 좋은 곳을 추천해 주실 거란 믿음이 생겼다.

"그럼요, 팀장님 사모님 명이신데."

상세하게 위치와 꼭 일하는 분이 아닌 사장님을 찾으라고 조언도 받았다. 사장님의 명함을 받고 알려준 점포를 찾아간다.

그만그만한 상가들이 줄지어 늘어선 시장 통로를 헤집고 들어가다 다른 곳과는 구별되게 규모가 있는 점포 앞에 섰다.

간판엔 백두산 천지가 그려진 바탕 그림에 '함백상회'라고 쓰여 있다. 직원에게 명함을 내밀었다. 책상에서 계산기를 열심히 두드리던 사장이 명함을 건네받고 바로 매장으로 나왔다.

"아, 우리 원국 사장님의 소개로 오셨군요?"

낯설지 않은 말투로 다가온다.

"이런 물건이 있을까요?"

아침에 아내에게 받은 대략 스케치가 된 구매 물품 명세서를 보여주었다. 내민 명세서를 건성으로 지나치지 않고 하나하나 관찰자의 눈빛으로 읽어간다.

"예쁘게 그렸네요. 물품 내역도 자세하게 적었고."

아내가 그려준 의상 그림과 명세서를 보고 여사장님이 감탄조로 말을 잇는다.

"누가 적은?"

"아, 예. 제 옆지기입니다."

'옆지기?' 오랜만에 들어보는 말이다. 자연스레 손님의 얼굴에 시선이 갔다.

무척 낯이 익은 얼굴이다. 그렇게 생각하니 목소리도 어디서 듣던 기억이 있다. 여사장의 머릿속 신경세포가 과거의 기억을 찾아 바쁘게 움직인다.

아무리 감추려 해도 말투가 이곳 말씨하고는 다른 북쪽의 말이라는 것이 1차로 검증됐다. 다음으론 어디선가 본 것 같은 느낌의 얼굴은 구석에 자리 잡은 기억창고에서 잊혀가고 있는 희미한 그림을 꺼냈다.

"혹시, 송 전도사님 아세요?"

먼저 여사장이 조심스레 말을 꺼냈다.

"알죠. 맞아요!"

최 팀장이 자기도 모르게 크게 소리쳤다.

자신도 여사장에 대한 기억이 너무 강해서 물어볼까 망설이던 중이었다.

"맞아, 맞아요!"

여사장도 감탄사를 연발한다.

아무리 짧은 만남이라도 자신에게 특별하게 다가온 기억은 쉽사리 지워지지 않고 남아있다.

그때 그날.

달빛이 장독대의 나뭇잎을 보여준 밝았던 밤에 문에 비친 전도사님과 최 팀장은 두 손을 모으고 기도하는 그림자 인간이었다. 주황색 황금을 머금은 달빛이 하얀 별빛에 어우러져 다섯 칸 한옥에 한 폭의 동양화를 그렸었다.

다음 날 아침에는 남쪽 나라로 떠나는 철새 소리에 눈을 뜨고 마당에 나갔다가 최 팀장과 처음 대면을 했다.

"어휴. 우리 은행장님!"하고 농담하는 전도사님과 대화가 오가는 동안 시선을 한곳에 두지 못하고 엉거주춤 서 있던 분이다. 나의 인사에 얼떨결에 고개를 숙여 인사를 받으며 돌아온 말이 '내래'로 시작하는 북쪽 말이었다.

하나둘 생생하게 기억창고에서 꺼내진다.

두 팔뚝과 오른손에는 하얀 붕대를 감고 몸에 상처가 많아 행동이 부자연스럽지만, 눈초리는 예사롭지 않았다. 다소 불편한 자리라 생각하고 의도적으로 발걸음을 빨리해 안채로 들어서 엄마에게 누구냐고 물어봤다.

엄마는 입까지 손으로 막으시며 비밀이라며 답을 해주지 않았다. 좀 이상한 사람으로 생각하고 잊기로 했던 기억이 어제 일처럼 생생하게 영상을 그린다. 그때 전도사님과 최 팀장은 세 번의 밤을 보내고 인사도 없이 신기루처럼 조용히 사라졌었다.

인생을 살아가면서 몇 개 안 되는 수수께끼 같은 이야기에 답을 찾기 위해 물었다.

'과연 솔직히 이야기해 줄 수 있을까?'

염려스러웠다.

이런 생각은 기우였고 극적인 최 팀장의 이야기를 들려준다.

"지금은 말할 수 있다."

벌목공 이야기

남북으로 4km 떨어진 비무장지대 북쪽 철책선을 지키는 인민군 중사와 분대원이 철책 앞 초소에 섰다.

"분대장님. 저 고지 이름이 뭐예요?"

"베티고지."

임진강을 사이에 두고 멀찌감치 물러나 흉물스러운 철책선이 쳐진 비무장지대 안에 나지막한 산을 가리켰다.

"저 고지에서 그렇게 많이 죽었어요?"

"우리 인민군이 아니고 중공군이 죽었지."

"남쪽은요?"

"한국군은 23명."

전사자 수로는 314명 대 23명. 엄청난 차이다.

6.25전쟁 당시 치열했던 고지 쟁탈전 중에서도 전쟁사에 이름을 올린 '베티고지 전투'이다.

임진강 상류 중부 전선 북단에 위치한 고지였던 베티고지는 임진강이 주위로 둘러 흐르고 있는 작전상 최대의 요충지였다.

베티고지를 점령하지 못하고 휴전이 성립될 경우, 남쪽으로 2마일 이상이 주저항선에서 비무장지대로 결정된다. 실제로 그만큼 임진강 남쪽으로 아군은 물러나게 되는 것이었다.

이 같은 결과는 군사·지리적으로 가늠하기 어려운 피해를 초래하는 것이었다.

휴전을 앞두고 마지막 전투가 벌어진다.

소대장 김만술 소위는 1953년 7월 15일 소대원 35명과 함께 고지를 지키고 있었다. 중공군 2개 대대 규모의 적군이 야간에 어둠을 이용하여 인해전술로 공격해 왔다.

김만술 소위와 소대원들은 이들과 5차례의 공방전을 벌였고, 13시간 동안의 치열한 혈전 끝에 적을 격파하는 성과를 이루었다.

35명의 소대원이 중공군 314명을 사살하고 450명의 부상자를 발생시키는 비교가 안 되는 큰 전공을 거두고 진지를 사수했다.

국군도 많은 인명피해를 입었다. 소대장을 포함한 총 35명의 소대원 가운데 살아 돌아온 대원은 경상자를 포함한 12명뿐이었으니 얼마나 전투가 치열했는지 상상이 된다.

전쟁사에 남을 전과를 올린 김만술 소위는 미국 십자훈장을 받았고, 국군 최고의 영예인 금성태극무공훈장도 수여받았다.

현재 GOP 철책 이북 지역 비무장지대(DMZ) 안에 위치해 있어서 직접 방문은 어렵지만 전망대에서 그 모습을 볼 수 있다.

최 팀장은 평양에서 태어났다. 가족사진이 혁명박물관에 걸려 있는 항일열사 집안으로 출신 성분이 좋았다. 평양에서 학교를 마치고 군사학교에서 교육을 마친 후 최전방 철책선에서 분대장으로 군대 생활을 시작했다.

철책 근무 중에 부상을 당해 남들보다 빠르게 제대 후 평양에서 치료를 받았다.

그 당시 북한에 불어닥친 고난의 행군은 전적으로 국가 배급에 의존해 살았던 그의 집도 비껴가지 않았다. 각종 사회동원에는 빠졌지만, 어머니가 잘사는 친척 집을 다니며 쌀을 구해 집으로 가져오곤 했다.

이 시절 최 팀장도 가끔 어머니와 함께 쌀 구하러 가면서 역전에 나뒹구는 시신도 많이 보았다.

"이게 내가 살아가는 세상이구나."

처음 세상의 실체를 경험했다.

몸이 나아지자 친구와 같이 돈을 많이 벌 수 있는 벌목공으로 중국 땅을 밟았다. 벌목장에 가니 많은 북한 사람이 있었고 라디오에선 한국 방송이 나왔다.

자연스레 한국의 실상을 알게 되었고 한국에 가면 돈을 더 많이 벌 수 있다는 사실을 알았다. 같이 일하는 중국 사람들조차도 한국에 가기 위해 열심히 한국말을 배우는 것이 일상이었다.

한국에 가면 이곳에서 받는 금액의 10배가 넘는, 한 달에 1만 위안 이상을 번다는 것이다. 같이 일하는 중국인들도 한국행을 부추겼다.

"너희들은 한국에 얼마든지 갈 수 있고, 국적도 주는데 왜 여기서 이러고 있냐?"며 답답해하기도 했다.

한 달에 1,000위안도 벌기 힘든 처지의 강 씨는 그런 말을 들을 때마다 한국을 상상했다. 그런데 가족들 때문에 용단을 내리진 못했다.

 이때 마침 한국에서 왔다는 송 전도사를 만났다.

 그분은 자신이 한국 교회에서 전도를 하기 위해 왔다며 예수님을 진심으로 믿으면 한국으로 데려다주겠다고 했다. 그 당시 한국에 갈 수 있는 가장 쉬운 방법은 교회가 주선하는 루트였다.

 어떤 비용도 받지 않았다. 단지 중국에서 성경 공부를 3개월 하고 예수님 복음의 감사함을 깨달아야 한다는 조건이었다. 한국행을 희망하는 스무 명 남짓한 인원들이 여러 장소에 흩어져 매일 성경을 공부했다.

 기독교를 믿고 싶어서가 아니라 돈을 벌기 위해 한국에 갈 수만 있다면 못 할 일이 없었다.

 최 팀장은 마침내 일행과 함께 한국에 도착했다.

 한국에 와서 뜨거운 물이 나오고 장작이 없어도 스위치만 켜면 요리가 되는 전자레인지, 가스렌지가 구비된 처소에서 눈물을 흘렸다.

 고향의 가족들은 추운 겨울을 지내면서 먹을 것 입을 것 제대로 없이 강에서 물을 길러 다니고 있을 것이란 생각에 울음을 참기 어려웠다. 얼음을 깨고 옷을 빨던 과거가 생각나 또 눈물이 났다.

 돈을 벌어 북쪽 가족에게 보내야겠다는 일념에 최선을 다해 살았다.

 하나원에서 적응 기간을 거쳐 통일부 산하 남북통합문화센터에서 시설 순찰과 차량 담당을 하는 정규직으로 입사할 수 있었다. 월급은 북에서는 생각할 수 없는 금액을 받았고 임대아파트도 배정받았다. 상상 속에서만 있던 안정적인 근무처와 장작 걱정 없는 안락한 곳에서 살 수 있는 삶이 현실이 되었다.

남북문화센터에 근무하면서 그곳을 자주 찾아 문화 강좌를 듣던 탈북 여성을 만나 결혼도 했다.

한국은 자신이 노력한 것만큼 삶의 질이 결정되는 행복한 사회였다. 사람다운 삶을 가져다준 대한민국에 조금이라도 보답하고 싶어 봉사활동에 적극적으로 참여하고 있다. 그의 바람은 단 하나 탈북민들에게 귀감이 되는 삶을 사는 것이다.

수많은 고비를 넘기며 살아온 최 팀장의 나이는 이제 겨우 40세를 넘겼다.

두레의 의미

또 하나의 인생 드라마를 듣고 혜영 사장이 물었다.

"부인이 그림 그리는 솜씨가 보통이 아니던데요?"

"의상디자이너가 꿈이랍니다."

"역시."

"남쪽에선 의상실도 다녔습니다."

"그러면 이북 출신?"

"예. 양강돕니다."

"어디서 만났어요?"

혜영 사장이 최 팀장을 놓아주지 않는다.

"이곳에 와서 '남북통합문화센터'라는 곳에서 우연히 만납습네다."

편한 분위기 속에서 무의식중에 자연스레 이북 말이 나온다.

"거긴 어디예요?"

"통일부에서 하는 건데 강서구 마곡역에 있어요."

"거기서 중매도 해요?"

"아니요!"

깜짝 놀라며 손사래를 치는 최 팀장의 모습에 미안한 맘이 든다. 물음을 바꿨다.

"부인은 무슨 일을 하세요?"

"지금은 집에서 아이하고 있습네다."

"아기가 어려요?"

"올해 5살입니다."

자아가 형성되는 엄마가 꼭 필요한 시기에 아이를 키우느라 하던 일을 접었다.

"그럼 다시 일할 마음이 있어요?"

"아이가 유치원에 다녀요. 일자리 알아보고 있습네다."

혜영 사장이 잠시 생각에 잠겼다.

"나에게 한 번 모시고 와요?"

면담을 요청했다.

"우린 이 매장 말고도 근처에 디자인실도 있고 성수동과 중국에 공장도 있어요."

"그렇게 많이요?"

지금 보이는 것이 전부가 아니었다.

최 팀장은 평화시장에 점포를 가지고 있는 분들 대부분이 제조 능력도 갖추고 있다는 것을 처음 알았다. 의류의 생산 판매만이 아니라 디자인까지 할 수 있는 사업체를 운영하는 차 사장이 북쪽 수령님처럼 다가왔다.

아내가 하고 싶어하는 의류에 대한 모든 것이 여기에 있다. 남쪽에 와서 또 한 번 너무 큰 은혜를 받는 것 같아 감내하기 힘든 고마움에 눈을 감았다.

　연변에서도 생의 갈림길에 도움을 받은 인연이었는데 믿기지 않았다. 고마움을 표현할 미사여구를 생각한다는 것은 별 의미가 없어 그저 고개를 깊이 숙여 진솔한 마음을 전한다.

　'울릉도 동남쪽 뱃길따라 87K'

　최 팀장의 스마트폰에서 '독도는 우리 땅' 컬러링이 울린다.

　"여보, 어디야?"

　고운 아내의 목소리다.

　"나 평화시장이야!"

　큰 목소리로 전화를 받는 최 팀장의 어깨에 힘이 들어갔다.

　앞에 서 있는 차 사장의 얼굴에 미소가 번진다.

　'두레'였다.

　그렇게 한 해가 지나갔다.

평화시장의 아침

'Silent night, holy night'

그믐달이 잠자고 있는 수도 서울 한가운데 서울타워 끝자락에 살포시 걸쳤다.

누리를 감싸고 있는 어둠 속에서 달빛이 희미하게 도심의 건물들을 실루엣으로 보여준다. 청계천을 따라 배오개 주변 길게 지어진 건물에서 나오는 전깃불의 반짝임이 밤하늘의 은하수가 되어 천상의 세계를 만들었다.

"원피스 2다발 저기!"

"슬림 맞소?"

우리네 말투가 아닌 변방의 사투리를 쓰는 남자가 족히 한 아름이 넘는 큼지막한 보따리를 보며 묻는다.

"우매 하잖은 소리 말고 어서 가져가시라우."

다소 어눌한 말씨의 여사장이 확실함을 강조한다.

비슷한 말투 속에 품기는 동질감은 더는 검증을 건너뛰었다.

"사장님. 저희도 계산해 주시죠!"

"저도요!"

보따리를 서너 개씩 앞에 두고 늘어선 고객들이 한시라도 빨리 자기 것을 처리해 달라고 아우성친다.

"와따. 조금만 기다려요. 바다 건너가는데 인사는 해야지."

"서두르소. 차 떠나유."

"고맙소이. 수고하시라우."

여사장님의 정감이 깃든 인사를 받은 남자가 자기 덩치만 한 보따리 2개를 메고 등을 돌렸다.

새벽 찬 공기 속에도 아침이슬처럼 배어 나오는 땀을 닦아내며 다음 고객을 맞는다.

여명이 올 때까지 고객들이 쉼 없이 밀려오고 쌓여있던 물건이 바닥을 보이면서 끝자락에 닿았다.

마감

바다 건너온 고객을 먼저 보내고 국내 상인들을 챙겼다.

비행기 타고 제주도에서 온 20대 단골손님에게는 새 디자인으로 만든 신제품을 한 벌 덤으로 얹어주고 두 팔을 벌려 힘껏 기지개를 켠다.

땅거미가 짙게 깔렸던 누리가 떠오르는 해님에 밀려 밝음에 자리를 내줄 즈음 잠시 '멍때림'의 호강을 누리는 시간. 진한 갈색 탁자에 다소곳이 놓여있는 커피잔의 따사로운 온기를 느끼며 무념무상이 된다.

그것도 잠시.

'저 멀리 동해바다 외로운 섬'

핸드폰에서 흘러나오는 '홀로 아리랑'이 망중한의 여유를 깼다.

"어휴 사장님. 웬일로 이처럼 빨리 전화를 받으시나이까?"

거의 빈정거리는 말투.

"오늘 장사가 안 되어서 놀고 있다."

역설적인 답을 내었다.

"사장 언니. 또 엄살. 모두가 기다려. 빨리 와요!"

말의 추임새로 미루어 커피 한 잔의 여유도 없음을 직감한다.

"알겠습니다. 무서운 지연 동생님."

"헐. 사장님은 제가 그토록 무섭사옵니까?"

사장과 언니의 호칭이 동일어로 쓰인다.

"어찌 호출에 감히 지체할 수 있사오리."

목소리만 들어도 커피의 온기도 어쩌지 못한 얼굴에 함박웃음이 가득하다.

'후루룩'

아직 반쯤 남아있는 커피가 아까워 한숨에 '쭉' 들이켰다. 벽시계의 시침과 분침은 수직선을 균형에서 벗어나며 또 하나의 아침의 시작을 알린다.

먹거리장터

청계천을 타고 불어오는 가을바람이 냉기를 가져다주어 옷깃을 여미게 한다.

한숨에 들이마신 커피가 아직 갈 길을 다 못 갔는지 향내가 식도에 진한 여운으로 남아있다. 평화시장의 열악한 노동환경의 개선을 요구하며 몸을 태워 더불어 사는 사회의 의미를 깨우쳐준 '전태일 열사'의 반신상이 있는 다리를 건넌다.

새벽을 여는 먹거리장터.

여명이 밝아오지만 반짝반짝 빛나는 조명은 늦가을의 장터 풍경을 이국적인 분위기로 만들었다. 커다란 냄비 위에서 모락모락 피어오르는 어묵과 떡볶이 튀김이 가장 먼저 시선을 붙든다. 연이어 분식, 중식, 한식, 온갖 주전부리 음식점들이 저마다 특색 있는 간판을 달고 길게 늘어서 있다.

간간이 시베리아에서 불어오는 북서풍이 날숨에 하얀 꼬리를 달았다.

붕어빵을 파는 주인과 정다운 눈인사를 나누고, 요즘 부쩍 많은 사람이 줄을 서서 대기하는 바삭바삭 동글동글한 도넛과 추로스 가게를 지난다. 조선족 자치주인 길림성 '연변'에서는 접할 수 없었던 귀한 먹거리들이다.

기다리는 사람들을 생각하며 걸음의 속도를 빨리하지만, 문득 걸음을 멈추게 하는 곳이 있다. 철판에서 노릇노릇하게 구워지면서 그 고소한 냄새가 발길을 붙드는 쫄깃한 식감의 가래떡이다.

북간도 지방의 추운 겨울날 눈이 대지를 하얗게 덮어 은빛 세상을 만들면 할머니와 화롯불을 마주하고 앉았었다. 할머니는 손등에 주름 가득한 손을 호호 불며 노릇노릇하게 구워주신 가래떡을 달콤한 조청에 찍어 건네주셨다.

그러시면서 우리 민족의 가래떡에 관한 이야기와 '통일'에 대한 간절한 바람을 이야기하시며 간혹 눈시울을 붉히시곤 하셨다.

할머니가 태어나신 곳은 경기도였다.

길거리 노점을 지나 시장 안쪽에 접어든다.

생선구이 골목 안쪽으로 들어가 닭 한 마리 칼국숫집들이 즐비한 사잇길을 지나 먹거리장터의 메인 음식점인 한식집을 바라본다. 집마다 테이블에는 밤을 지새우고 새벽을 맞이하는 밤을 밝히는 사람들로 빈자리가 보이지 않는다. 어떤 식당은 줄을 서서 인내심을 갖고 순서에 순응하며 기다리고 있다.

나오는 길에 먹거리장터의 끝자락 전집에서 나오는 구수한 향내가 떠오르는 태양의 온기를 받아 이 거리를 더욱 풍요롭고 활기차게 만들어 간다.

"사장님!"

지연이가 외치는 소리에 길거리 테이블에 자리를 차지하고 있던 네 명의 손도 머리 위에서 좌우로 율동한다.

"그런데 넌 왜 자꾸 나를 사장이라고 하니?"

지연을 보고 눈을 흘겼다.

"알았어! 언니 사장님. 언니라고 부르겠나이다."

모두가 실웃음을 지었다.

"어서 앉아 잡숴 봐요."

다감한 강원도 말씨로 자리를 잡아주고 큼직한 감자전을 권한다.

"여보, 아니야. 우리 차 사장은 배추전을 더 좋아해!"

그러면서 애써 강원도 아줌마가 정성스럽게 권한 감자전을 저만치 밀쳐내고 노릇노릇한 배추전을 직권으로 교체했다.

"다 틀렸어요."

지연 씨가 말에 무게를 달았다.

강원도 아줌마와 경상도 사나이가 고개를 갸우뚱.

"맞는데. 그럼, 뭔데?"

동시에 답이 하나인 질문을 던진다.

지연 씨가 옷깃을 여미며 늠름하게 답을 낸다.

"우리 언니요. 요즘은 '해물파전'이에요."

"아닌데. 요전엔 양파가 절인 간장이랑 구수한 감자전이 좋다고 했는데."

미란 씨가 강원도 감자전이 밀리는 상황에 아쉬움의 스민다.

"그래도 이렇게 찬 바람이 불 때는 따끈따끈한 경상도식 배추전이 달

짝지근하게 바삭해서 맛있다고 했어!"

'김원국' 사장이 경상도 사나이의 우직함으로 부인 미란 씨의 응원을 받아 그냥 밀고 나가려는 추세다.

순식간에 길가에 전집 앞이 패널들이 자기의 주장을 열띠게 주장하는 토론의 장이 되었다. 열띤 공방 속 3명의 패널은 차 사장에게 고개를 돌려 자신을 선택해 달라고 무언의 압박을 보낸다.

과연 어떤 답이 나올까?

'해물파전? 감자전? 아니면 배추전?'

이 상황을 끝낼 주인공의 눈에 이슬이 맺혔다.

이렇게까지, 자신을 생각해 주는 사람들의 고마움은 세상을 살아갈 또 하나의 이유가 된다.

혼자 감흥을 삼키며 입을 열었다.

"나, 다 좋아요. 정말!"

어떤 답이 나올까? 눈동자가 커졌던 질문자들의 눈망울이 평상으로 돌아왔다. 이번 퀴즈대회는 승자 없이 무승부로 끝났다.

해물파전이 추가되면서 3가지 '전의 만찬'이 시작된다.

"자. 우리 모두다. 건배!"

막걸리를 한 잔씩 붓고 분위기를 띄운다.

"Cheers!"

말없이 토론장을 주시하고 있던 최 팀장이 김 사장의 건배사보다 등급을 한 계단 올렸다.

"웬 영어?"

모두가 갸우뚱.

"평화시장에 찾아오는 외국인도 점점 많아지니 앞으론 국제적으로 놉시다."

"그럼 '위하여' 우리말 건배사가 서운하지 않을까요?"

지연 씨가 언어에 생명을 불어넣으며 또 하나의 건배사로 이의를 제기한다.

"그래도 할 수 없지. 시대에 따라야."

"아니 우리말이 더 소중할 텐데요."

"그냥 그간 써왔던 건배로 합시다."

다시 2차 토론의 장이 시작되려는 찰나.

패널들의 학문적 의견 개진을 막기 위해 차 사장이 빠른 수습에 나섰다.

"건배사는 세 가지 다 합니다."

예상치 못한 제안에 잠시 침묵 뒤에 모두가 끄떡 끄떡.

"역시. 우리 차 사장이 멋져! 오케이!"

모두가 잔을 높이 들었다.

"건배! 치어스! 위하여!"

떠오르는 해님의 미소를 담고 잔이 부딪친다. 자신들도 모르게 옥타브가 높아졌다. 순간 주변에서 아침을 맞이하는 사람들의 시선이 집중된다. 곧이어 여기저기서 박수가 터져 나왔다.

열렬한 팬들의 호응에 모두가 참여하는 건배식을 다시 한번 갖는다. 술잔이 아니면 물잔을 들고서라도 새로 탄생한 구호를 힘차게 외쳤다.

"건배! 치어스! 위하여!"

성능 좋은 대형스피커에서 증폭된 소리인 양 묵직한 음이 동대문 평화시장 먹거리장터를 휘감아 돈다. 청계천 노점상에 모인 사람들은 얼떨결에 새로운 건배사 창조의 주역이 되었다.

저마다의 바람과 희망을 안고 모두의 하루가 시작되었다.

만찬을 끝내고 다리를 건너 거리의 슈퍼마켓 같은 노천 커피숍에 마주 앉았다.

런던 템스강변 빅벤을 앞에 두고 강가에 늘어선 거리의 'POP'보다 더욱 정감이 가는 토속 쉼터이다. 단지 템스강이 청계천으로 바뀌었을 뿐 부담 없이 자리를 잡고 앉을 수 있는 공간이다. 말이 커피숍이지 미숫가루부터 생과일주스까지 주류를 제외한 거의 모든 음료가 제공된다.

테이크아웃도 가능하지만 좀 더 나누어야 할 이야기가 있어 가게 앞 플라스틱 소박한 테이블에 앉았다.

기름기 음식 후 빨대를 타고 올라온 1,500원 혼합 냉커피가 거부감 없이 몸에 섞여 편안한 속을 만들어 주었다.

"내일 내가 차 가져갑니다."

이번엔 원국 사장이 물건을 운반할 때 사용하는 봉고차를 타고 가기로 했다. 날씨가 추워지니 보육원 아이들이 걱정이라 옷가지라도 준비해서 아이들과 점심을 같이 하기로 약속했다.

"시간 늦지 않게. 알죠!"

모두의 다짐을 받는다.

어느 신호수

다음날.

그 시절 푸르던 잎이 어느덧 색을 머금고 낙엽 되어 바람에 날려 포도를 뒹군다.

한강을 가로지르는 행주대교 진입하기가 너무 어렵다.

100m 앞 큼지막한 LED 안내판부터 20m 간격으로 놓인 러버콘이 두 개 차선을 차지했다. 차선이 줄어들어 주행차선으로 진입하려는 차들로 인해 도로가 거대한 주차장이 되어간다.

아직 대교의 문턱에도 안 왔는데 열을 지은 차량이 거북이걸음으로 가다 서기를 반복한다. 기다림의 시간은 '일각이 여삼추'인 양 마냥 길게 느껴진다.

묵직한 검은 자가용의 창문이 열렸다.

"야! 바빠 죽겠는데, 길을 막고 지랄들이야. 썅~"

얼굴에 살이 두툼히 오른 나이도 많지 않은 남자의 입에서 육두문자가 터져 나온다.

노란색 형광 옷을 단정히 차려입은 빨간 신호봉을 잡은 신호수가 침

튀기는 욕설을 정면으로 받았다.

잠시 주춤했지만 그래도 밝은 웃음으로 정중히 고개를 숙인다.

"죄송합니다."

고개 드는 신호수를 힐끗 쳐다보더니 한 말씀 더 던진다.

"뭐야, 여자잖아. 재수 없게. 에잇!"

다른 운전자들의 시선이 한곳으로 모였다.

'과연 이번엔 어떻게 말이 나올까?'

거리의 결투가 펼쳐질 것 같은 조짐에 모두가 궁금한 눈초리다.

마스크를 한 곱상한 자태의 신호수가 그래도 말에 감정을 섞지 않고 다시 정중히 말을 받는다.

"조금만 더 기다리시면 됩니다. 신호등이 바뀌면 가실 수 있습니다."

그런데도 터져 나온 남자의 입은 거칠었다.

"야. 너 때문에 재수 옴 붙었다. 씨발!"

나이도 많은 여자에게 막말까지 해댄다. 만약 남자 신호수라면 도저히 나올 수 없는 말이다.

그 광경을 유심히 지켜보던 차 사장이 주먹을 불끈 쥐고 차 문을 열었다.

"선생님. 누님 같은 분에게 너무하시는 것 아니어요!"

얼굴에 노기를 최대한 감추고 점잖게 타일렀다.

그랬더니 터져 나온 말이 안하무인이다.

"야. 병신 같은 년들이. 넌 뭐야!"

이 말이 태권도선수 출신 원국 사장과 북한 정예부대 분대장 최철민 팀장을 뛰쳐나가게 했다. 그쪽에서도 두 명의 덩치 큰 남자가 더 나온다.

순간 정체된 도로가 영화 속 황야의 결투장으로 변한다.

무언가 터질 것 같은 일촉즉발의 상황.

동시에 주변에 꼬리를 물고 있던 차들의 문도 열리면서 여러 사람이 뛰쳐나와 신호수를 에워쌌다. 급변한 상황에 수적으로 도저히 감내할 수 없음을 인지한 덩치파들이 다소곳이 고개를 숙였다.

신호수를 둘러쌌던 승리자들이 서로에게 힘찬 박수를 보낸다.

선이 악을 숫자로 물리쳤다.

'그래도 이 세상은 살아갈 맛이 있다'라는 스스로의 자존감을 높인다.

한강이 하늘의 파란색을 담고 행주대교를 흐른다.

행주치마 호국의 정신이 깃든 행주산성에 울긋불긋 가을 색이 이곳을 전쟁터가 아닌 계절의 명소로 바꾸어 놨다. 자연이 연출하는 색의 향연을 감상하며 거북이걸음보다는 빠른 속도로 행주대교의 중간을 넘는다.

"사장 언니. 아까 그 여자 신호수 목소리가 좋지?"

지연이 펼쳐지는 정경을 바라보는 혜영에게 말을 건넨다.

"또 사장을 달고 사네. 서방님 계시지만 한 말씀 해야겠다."

지연에게 눈을 흘기며 손가락으로 옆구리를 찌르고 말한다.

"너 앞으로 또 나한테 사장이라고 하면 내가 너한테 회장님이라 부른다."

차 안의 시선이 한곳에 모였다.

"그럼 더 좋은 것 아니어요?"

미란 씨의 순수함이 묻어난다.

"당신은 그것도 몰라? 조직에서 위계질서를 망가트리는 것이 제일 큰 죄야."

원국 씨가 큰 가르침을 아내에게 바쳤다.

"맞아요. 이건 반란이고 조선 시대로 치면 대역죄에 해당합니다."

남편이지만 정예부대 분대장 출신이 명확한 죄명을 확정했다.

"알겠습니다. 전 이토록 큰 죄인 줄 몰랐나이다. 소인 목숨만은 살려주소서!"

"하하~"

한바탕 차 안의 궁중 단막극이 막을 내렸다.

"언니. 아까 물음?"

"응. 꾀꼬리 목소리에 빨간 신호봉에 노랑 조끼를 입은 자태가 우리 모델로 모셔도 되겠던데."

역시 평화시장 패션업계의 사장님은 보는 눈이 다르다.

"저도 무척이나 인상적이었습니다. 성격도 차분하고 인내심도 경지에 오른 것 같고."

"무엇보다 자기 일에 책임감과 자부심이 느껴졌어요."

"마스크를 벗으면 얼굴도 예쁠 것 같던데."

여러 가지 찬사가 터져 나왔다.

"다시 한번 만날 기회가 있으면 좋을 텐데."

혜영 사장이 아쉬움을 표했다.

"언니. 내가 연락처를 받았어."

"그래. 굿!"

"그분도 우리가 정말 고맙다고 자기가 한턱 쏜대."

"뭐? 길거리에서 힘들게 신호수를 하는 분한테 얻어먹는다고?"

분노의 눈길을 보낸다.

"나도 그렇게 생각해서 우리가 산다고 했는데 자기가 사겠다고 마구 잡이로."

"그래도 그렇지, 우리가 사야지."

언니 사장이 결정했다.

광장시장

"여기 육회는 최고! 예요."

커다란 접시에 가득 담겨 나온 육회비빔밥이 비주얼 자체로 식욕을 돋운다.

"미옥 씨도 자주 오나 봐요?"

혜영 사장이 물었다.

"자주는 아니고 이 지역에 공사가 있을 때 더러 왔어요."

"이것도 드셔봐요."

이곳에서만 맛볼 수 있는 육회 김밥을 미란 씨가 권한다.

"우리 이것 먹고 육회 냉면 나눠 먹어요."

지연 씨가 거들었다.

미옥에게 여인 3인의 배려가 쏟아진다. 외국인 관광객들이 많이 찾는 '광장시장'의 육회집의 풍경이다.

광장시장은 1905년 한성부에서 '동대문시장' 명칭으로 허가를 내준 우리나라 최초의 상설시장으로 1960년대 이름을 달리했다. 청계천에 놓인 너른 다리 뜻의 '광교'와 긴 다리 의미의 '장교' 사이를 복개하여 첫 글자를 따서 '광장'이라고 이름을 지었으나 당시 기술로는 짓지를 못했다.

그 후 배오개에 터를 잡고 이름을 그대로 하되 '널리 모아 간직한다.'라는 의미로 바꿔 지금의 '광장(廣藏)시장'이 되었다.

"여기 오면 우리네 전통 내음이 느껴져요."

지연 씨가 마음을 낸다.

"주단 나전칠기 수예 포목 등을 취급해서 아닐까요?"

미옥 씨의 말.

"그것보다 구한말 열강 세력 틈새에서 국운이 풍전등화일 때 우리 힘이 모인 곳이라 느끼는 감정이 다를 겁니다."

혜영 사장이 역사를 풀었다.

"우리 힘이요?"

3인의 물음에 답한다.

"1905년 을사늑약으로 실질적 주권 행사를 일제가 장악하고 경제침략도 가속화되었어요."

해박한 근세 역사 강의를 듣는 수강생의 눈빛이 빛난다.

"그 한 예로 일본인들은 남대문시장의 경영권을 장악했고 종로와 연계된 광장시장도 장악하려고 혈안이 되어있었지요."

우리네 상인들은 종로와 동대문 상권을 지키기 위하여 모두가 힘을 합쳤다. 그 결과 일제 강점기 동안 '장군의 아들'로 회자되는 '김두한'의 종로 주먹과 청계천 남쪽의 일본 야쿠자 '하야시' 이야기도 탄생한다.

청계천을 사이에 두고 북촌과 남촌의 시대가 열렸다.

남촌은 충무로 명동 남대문을 휘어잡은 일본인 나막신 소리가 난무했지만 종로는 우리가 지켜냈다.

광장시장에는 민족의 혼이 녹아있었다.

미옥 씨는 아무리 봐도 대로에 버티고 서서 거리의 신호수를 할 수 있는 사람이 아닌 것 같다. 어울리지 않는 어여쁜 자태와 고운 목소리에 마스크를 벗은 얼굴은 거의 '비비안 리'를 닮았다.

"길거리에서 그리 욕을 먹고 무시당하는데 힘들지 않아요?"

"신호수는 출근할 때 간과 쓸개를 꺼내서 집에 두고 나와야 해요."

"간과 쓸개까지?"

'별주부전'의 토끼도 아닌데 '웬 간과 쓸개?'

그 정도라는 그것이 이해되지 않는다.

"안전모 쓰고 빨간 봉을 드는 것만이 신호수의 임무가 아녜요."

"그럼 또 임무가?"

미지의 세계의 문을 열고 들어가는 긴장감이 전해온다.

"사실 신호수의 주 역할은 운전자들에게 욕설은 물론 원한에 찬 시선도 받고 때론 죄인이 되어야 합니다."

"그 정도인 줄은 몰랐습니다. 사실 나도 짜증이 나면 툭툭 상소리도 던졌는데."

"다들 그래요. 도로에서 기다린다는 것이 힘들잖아요."

"그래도 오늘은 너무하는 것 같던데?""아, 그거요. 간과 쓸개 빼놓는 연습 하면 능히 참아낼 수 있어요."

거의 부처님의 경지에 들어선 깨달은 분과 선문답을 나누는 자리가 되었다.

미옥 씨는 의식의 세계에서 표출되려는 격한 감정을 무의식적으로 통제할 수 있는 높은 경지에 다다른 것이다. 그 정도로 쌓인 내공이기에 '여자, 재수, 아침'이라는 단어로 여자의 아킬레스건을 건드려도 웃음으로 답할 수 있는 이유였다.

간과 쓸개의 버림의 뜻을 새기며 물었다.

"여자가 거리 한복판에 서서 욕을 먹어가면서 일을 하는 것이 자존심이 많이 상하지는 않아요?"

간 쓸개는 자기 위안일 거로 생각하고 또 질문은 냈다.

"전 신호봉을 잡고 있는 순간만은 이 거리를 내가 통제한다는 자부심이 있어요."

대단한 직업의식에 모두가 좀처럼 입을 다물지 못한다.

그녀는 '올바른 길을 안내해 주는 거리의 신호수'였다.

주요리가 식탁을 떠나고 '육회 냉면'을 넷으로 나누었다.

"수입은 많아요?"

몸으로 때우는 험한 일을 하는 사람은 과연 얼마를 받을까 궁금해졌다.

"요즘은 저 역시도 경기가 좋지 않아 그럭저럭 살고 있어요."

"그렇지요. 코로나 이후로 눈에 띄게 경기가 안 좋으니."

"저도 수주 물량이 많이 줄었어요."

"수주 물량이요?"

"예."

모두가 깜짝 놀라 같은 말을 던졌다.

"미옥 씨가 사장님?"

사업자 대표일 줄은 전혀 생각하지 못했다. 하루 일당을 받는 소위 막 노동자라는 선입견을 품고 있던 자신들의 속을 들킨 것 같아 민망했다.

눈치를 챈 미옥 씨가 미안한 마음을 달래준다.

"누구나 다 그렇게 생각해요. 일당 받고 서 있는 신호수라고 보죠. 때 론 그게 훨씬 편해요."

"왜요?"

"누구나 차량이 지체되면 짜증이 나잖아요. 그래도 신호수가 여자라 서 그나마 심한 말을 안 하는 거죠."

"그런데 그때는?"

"그거야 특별한 경우죠. 자주 있는 일이 아니니 참아내야죠."

그런 깊은 뜻이 있음을 새삼 알아간다. 사바세계에서 고고하게 수련을 쌓아 도의 경지를 넘나드는 미옥 씨에게 삶의 배움을 얻고 광장시장을 나와 길거리 카페로 자리를 옮겼다.

개천절을 앞두고 북촌 종로 거리에는 태극기가 바람에 펄럭인다.

봉사의 의미

"제가 궁금한 것이 있는데?"

미옥 씨가 보조개를 지으며 질문을 한다.

"무엇이든 물어봐요."

막내 지연이 자신이 대장인 양 결정을 한다.

"그날 차 안에 물건도 많던데 어디 놀러 가시는 중?"

주말이 되면 행주대교를 건너 야외로 떠나는 사람들이 많다.

"아녜요. 우리 건너편 보육원에 가는 길이었어요."

"보육원? 고아원 말인가요?"

지금은 고아원이 보육원으로 바뀌었는데 모르는 사람들이 적지 않다.

"자주 그곳을 찾아 우리 아이들을 보러 가요."

"우리 아이들? 낳으셔서 그곳으로?"

도대체 이해가 안 되는 답이었다. 자기 아이를 낳아서 보육원에 보내다니.

"그게 아니고요. 우린 그곳에 사는 아이들이 곧 우리 아이들이랍니다."

"아! 대단하십니다."

오랜만에 인간적인 이야기를 들었다.

"저도 자원봉사를 하지만 이 정도는 아니어요."

"그래요. 어디서?"

"별다른 일이 없으면 주말엔 북한산 등 서울에 산을 찾아요."

"산에서 봉사할 일이 있나요?"

"많아요."

등산은 시간 있고 체력 받치는 사람들이 심신을 단련하기 위해 가는 정도로만 알았는데 새로운 사실이다.

"어떤 일을?"

"산을 오르기가 힘드신 분들에게 도움도 드리고, 산의 생태계를 가꾸고 보살피는 활동을 합니다."

"산 오르기 힘든 분?"

"시각장애인들은 혼자 산을 오르기가 힘들잖아요. 그래서 그분들을 안내하며 등산합니다."

"아니, 시각장애인들이 등산해요?"

앞이 안 보인다는 선입견이 있는 보통 사람들의 의문이다.

"눈으로 볼 수 없는 사람들에게 세상을 열어주는 것이 등산이에요."

처음으로 듣는 이야기에 모두가 갸우뚱.

"누구나 시력을 잃게 되면 세상이 모든 것이 닫혀 있다고 생각하겠죠."

"맞아요. 그럴 거예요."

"하지만 산을 오르면 세상과 소통하는 지혜를 얻을 수 있어요."

자연은 누구에게나 치유의 처방을 준다.

"누구하고 같이 가겠죠?"

"동행하는 사람이 있으면 좋겠지만 같이 가줄 사람이 없어 혼자서 산을 오르는 시각장애인도 많아요."

그래도 돌과 나무 등 많은 장애물이 널려있는 산을 오를 수 있는지 도저히 이해가 안 되었다.

"앞이 안 보이는데 어떻게 오르죠?"

"산이 내는 자연의 소리와 손끝에서 느껴지는 감각에 의지해 천천히 조심스럽게 산을 오르는 거죠."

"그렇게 힘들게 산을 오르는 이유가?"

"그건 우리와 다를 바 없어요. 자신에게 닥친 시련을 극복하려는 노력으로 삶의 의지를 다지는 거죠."

모두가 고개를 끄덕였다.

어찌 생각하니 미옥 씨가 하는 봉사가 자신들이 하는 활동보다 더 높은 차원인 것 같아 고개가 숙어졌다. 미옥 씨가 물질과 돈으로 할 수 없는 노력과 사랑이 깃든 진정한 봉사자의 모습으로 크게 다가온다.

"언니, 우리 산 봉사도 해요!"

지연 씨가 즉석 안건으로 올렸다.

"산 봉사. 좋아요."

'시각장애인 등산 안내하기' 자원봉사가 '산 봉사'로 이름을 부여받았다.

'꿈두레' 회원들에게 또 하나의 과업이 등재된다.

"생태계 보전은?"

다음 질문을 냈다.

"여러 활동을 하지만 요즘은 들머리에서 '산불 조심' 캠페인을 한 후 훼손된 등산로도 돌보고, 떨어진 쓰레기도 줍고, 토종식물에 피해를 주는 외래식물도 제거해요."

"그렇게 많은 일을 혼자요?"

"아니죠. 마음을 같이하는 분들이 있지요."

자연 사랑의 뜻을 알아간다.

"그러면 등산은 언제?"

미란 씨가 질문을 했다.

"산을 오르면서 생태계를 돌보는 활동이 그 자체로 등산도 되지만, 무엇보다도 우리네 산야를 지킨다는 보람이 자신의 자존감을 증가시켜요."

자원봉사가 형이상학적인 가치로 승화된다.

"돈은 받아요?"

미란 씨가 현실적인 질문을 던진다.

"아니요. 오히려 우리가 돈을 써요."

"써요?"

"예. 시간과 노력에 더하여 경비를 쓰는 거죠."

"그래요?"

산에서 봉사하는 것도 힘들 텐데 자기 돈까지 쓴다는 것이 이해가 안 된다.

"그러면 제가 반대로 질문을 할게요."

미옥 씨가 역으로 질문을 낸다.

"무슨?"

"내가 어림잡아 생각해도 보육원 아이들에게 꽤 많은 돈을 써야 할 것 같던데 왜 그 일을 하세요?"

질문자의 얼굴이 빨개졌다.

"하하하~"

명쾌한 솔로몬의 답변에 한바탕 웃음으로 즉석 토론이 끝났다.

"크게 보니 우린 한마음."

지연 씨의 외침.

"한마음? 무슨 뜻?"

"우린 착한 사람!"

모두가 동의한다.

"맞아요!"

열렬한 박수로 자기 긍정을 표한다.

'착한 사람들'이 탄생했다.

환전

"740달러."

"어제보단 적네요."

지연 씨가 평화시장 중앙에 있는 환전상을 찾았다.

"어젠 엔화가 있었잖아요."

"그렇군요. 요즘 외국인들이 부쩍 많아진 것 같습니다."

"오늘은 중국인이 자기네 원화를 내길래 설득해 달러로 받았어요."

"그러실 것 없어요. 그냥 중국통화로 받으시면 됩니다."

"그래요? 중국 돈도 달러처럼 대접받아요?"

"그럼요. 벌써 오래되었어요."

"난 그것도 모르고 우리 이 대장님 수고를 조금이라도 덜어 주려고."

"알고 있습니다. 언제나 고맙게 생각하고 있어요."

중국이 G2 국가가 되면서 중국 돈도 웬만한 국가에선 결제통화로 통용된다.

"오늘은 환율이 떨어졌나요?"

"우리 원화가 11원 평가절하되었어요."

"11원이나?"

"요즘 우리 경제가 다른 국가에 비해서 힘든 거죠."

"나는 이익이 더 남아 좋지만 나라 경제가 걱정입니다."

지연 씨가 국가 거시경제를 생각한다.

우리 돈 가치가 떨어지면 달러 가치가 오르기에 환전 금액은 많아지는 환율의 원리 때문이다.

"커피 드시면서 말씀하세요."

"올 때마다 이렇게 들고 오시니 그저 감동입니다."

어제는 '라떼'였는데 오늘은 '카푸치노'를 큰 컵으로 가져왔다.

"대장님 덕분에 저도 요즘 다양한 커피와 차를 마시네요."

"그냥 아메리카노로 해도 되는데."

"아메리카노 말고 품위 있는 걸로 하라고 명을 받아서."

"품위요?"

"아메리카노는 맨해튼 미국 직장인들이 급히 마시려 원액에 물 딴 커피라고 절대 안 된다고 해서요."

"값이 비싸잖아요."

카푸치노는 아메리카노 보다 두 배 정도 비싸다.

"마음 쓰지 마세요. 이 대장님 덕분에 우리가 환율로 이익 보는 게 얼마인데."

환율은 한국은행에서 매일 고시하는 기준환율에서 사고, 팔 때 spread를 더하거나 빼서 정한다.

이 대장은 시장 상인들에게는 최소한의 spread만을 적용하기에 단골로 찾는 고객이 많다. 또한 각국 통화의 변동추이나 국내외 경제 상황에 대하여 알기 쉽게 설명도 해주기에 시장에선 '교수님'이라는 호칭도 얻었다.

"돌아가신 저의 어머니께서 '돈은 버는 것보다 쓰는 것이 중요하다'고 하셨습니다."

"예?"

"노여워 마시고 저 같은 미천한 존재에게 과한 호의를 보내주시니 영광이라는 저의 뜻입니다."

고개를 끄덕이며 수용했다.

"잘못하면 언니 사장에게 혼나요."

"혼까지 나요? 그까짓 차 한 잔에."

"그럼요. 대장님한테 뭐든지 조금만 잘못해도 난리가 나요."

"우리 지연 씨가 잘못한 게 하나도 없었는데?"

"몰라요. 언니 사장이 그래요."

"어휴. 미안합니다. 지연 씨."

"대장님?"

갑자기 큰 소리로 정색을 하고 부른다.

"왜요?"

"솔직히 말해줘요."

"뭘요?"

"언니 사장이 대장님한테 큰 빚을 진 거죠?"

아무리 생각해도 도대체 언니 사장이 왜 그러는지 이해가 안 되었다.

"무슨. 절대 없어요!"

손사래를 치며 강한 부정을 표했다.

"아마 등산을 좋아하게 된 이유에 나의 작은 도움이 있나 보죠."

"그런 것 같기도 해요. 저도 대장님 덕분에 이렇게 날씬해졌으니."

"우리 지연 씨는 지금 미스코리아 출전해도 충분합니다."

두 사람의 은밀한 비밀이 부드럽게 수습이 되었다.

"하하!"

웃음으로 마쳤다.

카푸치노의 거품이 사라질 때 지연 씨가 말을 꺼낸다.

"대장님. 내일 북한산 어디로 가죠?"

"미옥 님이 말씀이 없었나요?"

"며칠 전 저한테 알려줬는데 제가 깜빡해서요."

"정릉 들머리에서 9시."

"맞아요!"

지연 씨가 손뼉을 치며 기억을 끄집어냈다.

"그런데 대장님. 제가 은밀히 부탁 하나 해도?"

"은밀히요?"

깜짝 소름이 돋았다.

"어휴! 부담되지만 말해요."

목소리까지 낮춰가며 얼굴을 가까이 대고 말을 이었다.

"우리 산에 오를 때 말이에요."

"예. 무슨 문제라도?"

산악 대장의 보임을 맡고 있는 이 대장의 온 신경이 귀에 모였다.

지연 씨가 요구사항을 말한다.

"좀 천천히 가요?"

"휴~"

별거 아닌 요구사항에 긴장된 신경이 풀어지며 안도의 한숨까지 나왔다.

"내가 수시로 물어보면 다들 괜찮다고 했는데, 빨랐어요?"

"그게 미옥 언니가 날다람쥐잖아요?"

"그렇긴 한데⋯."

꿈 두레 회원들이 산을 오를 때는 특별한 경우가 아니면 선두는 미옥 씨가 서고 후미는 이 대장이 맡는다.

"제가 언니보다 나이도 어린데 힘들다고 하면 쪽팔리잖아요."

'쪽'이란 점잖지 않은 단어까지 써가면서 마음을 표했다.

"아. 그랬어요."

자존심이 엄청 센 지연 님의 마음고생이 심했음이 상상된다.

"알았어요. 그럼, 미옥 님을 후미에 세웁시다."

"맞아요. 그게 맞아요!"

옆집 사장님이 손님과 이야기 중에 얼굴을 돌려 뛸 듯이 기뻐하는 모습을 바라보고 고개를 갸우뚱했다.

미옥 씨는 학창 시절 필드하키 선수 출신이라 산에만 들면 나비처럼 훨훨 날았다.

이 대장이 직권으로 지연 씨의 민원 사항을 처리했다. 하늘의 '기장' 바다의 '선장'처럼, 산에서 '등산대장'은 한 여인을 춤추게 만드는 막강한 권력이 있었다.

물론 어떤 권력이건 '책임, 노력, 포용'이 따르지만.

아름다운 여인

지하철을 탔습니다.

곱상한 여인이 큰 가방을 끌고 두리번두리번 어정쩡한 자세로

통로 가운데 섰어요.

집중된 시선에 얼굴은 홍조로 달아올랐습니다.

손에 든 물건을 선전합니다.

말투가 어색하고

문장의 연결이 매끄럽지 않네요.

일을 시작한 지 얼마 안 되었나 봅니다.

아무도 그녀의 물건을 사지 않고

고개를 돌립니다.

눈물이 나올 듯 슬픈 표정이 되었습니다.

좋은 물건도 아닌 것 같아요.

찡한 감정이 솟아

주섬주섬 돈을 꺼내 건넸습니다.

미소 짓는 그녀가 햇살을 받아 비너스가 됩니다.

아무나 할 수 없는

나와의 싸움을 극복하는 그녀가 아름답습니다.

오늘 또 하나의 인생을 배웠습니다.

수년 전 이 대장이 만난 언니 사장은 지하철에 있었다.

가을 북한산

알록달록 온갖 색깔의 산님들이 넓은 주차장을 지나 꼬리에 꼬리를 물고 올라온다. 북한산 국립공원이 '단일 면적당 탐방객이 가장 많이 찾는 국립공원'으로 기네스북에 기재된 이유를 설명해 준다.

깊은 산 속 통나무집이 연상되는 정릉탐방지원센터 지붕에는 바람에 날려 둥지를 튼 잡초들이 가을 색으로 갈아입었다. 들머리 산길에 들어찬 키 큰 나무들은 알록달록 누가 더 찬란한지 색의 경연을 펼치며 산객들의 발걸음을 붙든다.

"우와. 저 단풍 좀 봐!"

"어머! 불타고 있네!"

"와! 멋지다."

"!"

"불놀이야!"

자연이 만들어내는 경이로운 창조의 능력에 저마다의 감탄사가 '불놀이'로 귀착되었다. 티 없는 원색의 물결 속에 현란한 빛이 어우러져 국립공원 북한산이 선계의 세상으로 탈바꿈했다.

빛과 색의 마술사라는 '마네, 모네. 세잔' 등 인상파 화가들이 총동원되어도 작은 캔버스에는 도저히 담아낼 수 없는 광경이다.

해가 갈수록 여기저기 외국인들의 모습이 자주 눈에 들어오는 것은 이젠 흥밋거리가 아니다. 영어권 외국인뿐만 아니라 히잡을 쓴 아랍계 여인들도 자주 보인다.

국적을 불문하고 기네스북에 등재된 북한산은 한국의 명승지로 세계적으로 유명세를 치르고 있다.

본격적인 산행이 시작되는 들머리에 '산불 조심' 홍보 띠를 두르고 두 줄로 간격을 맞춰 서 있는 꿈두레 임들이 무척 바빠졌다.

"Hello. Welcome!"

"This way, please!"

외국인에게 차도가 아닌 보행로를 선택하도록 정형화된 영어를 구사한다. 오름길은 차들도 드나들어 안전을 위한 계도가 중요하다. 안내받은 외국인들이 환한 웃음으로 손짓하며 "Thanks!"라고 감사를 표한다.

고개 숙여 답하고 한마디 더 덧붙였다.

"Watch out for forest fires!"

"OK!"

이젠 북한산도 Glober화 되었다.

"안전 산행하세요!"

"산불 조심!"

혜영, 미란, 미옥, 지연 여 4인방의 꾀꼬리 목소리에 산님들이 저마다 맘을 낸다.

"고맙습니다."

"수고하세요."

그리고 미를 아는 산님들은 이런 찬사도 한다.

"예쁘세요."

"아름다우십니다." 역시 대한민국 패션의 MECCA '평화시장'에서 오신 분들이라 의상만큼은 칭송을 받기에 어디 하나 흠잡을 곳이 없다.

"너무 멋져요!"

한 무리의 동행들과 어울려 들머리를 오르던 한 여자 산님이 갑자기 발길을 돌려 지연 씨에게 다가왔다.

"이 옷 비싸지요? 국산이에요?"

부러운 눈망울로 진지하게 물음을 던진다.

"당연하죠. 우리나라 제품이고요. 비싸지 않아요."

"너무 좋아 보이는데요?"

"모델이 좋아서가 아니고요?"

고개를 갸우뚱하며 앞서가는 일행의 독촉에 빠른 질문을 냈다.

"공단 직원이세요?"

"아닙니다. 자원활동가."

"돈도 안 받고 하세요?"

역시 누구나 돈이 문제다.

"돈 쓰고 합니다."

"왜요?"

"해보면 압니다. 얼마나 행복한지."

"돈 쓰면서 일하는데 행복해요?"

그러더니 불쑥 연락 번호를 달라고 부탁한다.

"저희도 동참해도 되나요?"

"언제든 환영입니다."

"옷은 어디서 구매하신 거예요?"

"앞에 계신 저분이 등산 의류 사장님이세요."

"그러면 우리가 사러 가면 잘해 주시겠네요?"

"아마 잘 보이시면 원가로 해주실걸요."

얼떨결의 앞에 서 있던 김 사장이 미래의 고객과 어정쩡한 인사를 나누었다. 연락처를 주고받고 한참 앞서 나간 일행들을 향해 달려간다.

이 광경을 옆에서 지켜보던 이 대장이 말을 걸었다.

"한 건 하셨네요?"

"제가 간밤에 꿈자리가 좋더니. 자원봉사 와서 매출을 올릴 줄이야."

두 남자의 실없는 덕담을 듣던 미란 씨가 따끔한 충고를 한다.

"김칫국부터 마시지 말아요!"

"미역국 먹어도 좋습니다."

바로 이의를 제기했다.

"어찌 되었건 기분이 굿!"

옷을 팔고 안 팔고는 문제가 아니다.

"하하~"

북한산 들머리에 웃음꽃이 피었다.

그 시절 푸르던 잎이 어느덧 붉게 물들어 가을바람에 날려 누리에 퍼진다. 얼굴을 스치는 단풍잎의 따가움을 느끼다 보니 어느덧 시침과 분침이 수직에 가까워졌다.

오르는 산님들의 발걸음이 뜸하다.

"자. 마칩시다!"

홍보 활동의 마침을 알리는 '이 대장'의 외침이다.

다들 어깨에 대각선으로 걸쳤던 홍보 띠를 접고 배낭을 멘다. 저마다 빨간 집게와 쓰레기 봉지를 들었다.

"오늘은 선두에 제가 섭니다. 후미는 미옥 씨가 맡으세요!"

지연 씨가 해 맑은 미소를 지었다.

해님은 하늘 가운데에 머무르고 파란 하늘에는 하얀 뭉게구름 무리가 두둥실 동행의 손을 잡았다.

착한 사람들은 자연을 사랑했다.

시각장애인 등산 자원봉사

꿈 두레 구성원 7인이 청계천 거리 카페 원탁에 둘러앉았다.

"내일은 시각장애인과 등산하는 날입니다."

지난주는 단풍이 불붙고 있는 북한산 정릉계곡에서 산불 조심 캠페인을 하고 환경 정화 활동을 했었다. 내일은 한 달에 한 번 정규적으로 시각장애인과 짝을 이뤄 산을 오르는 날이다. 나무 데크로 둘레길이 잘 조성되어 있고 메타세쿼이아 군락지가 있는 안산에 간다.

"처음 동행하시는 분이 있어 다시 한번 주의사항을 말씀드립니다."

산악 대장으로 직을 받은 이 대장의 말이다.

"다시 강조하지만 우선 우리가 생각했던 선입견부터 버려야 합니다."

앞을 못 보면 걷기도 불편한데 울퉁불퉁 많은 위험함이 산재한 산을 오른다는 것은 불가능할 것으로 생각하는 것이 일반적인 생각이다.

"그분들은 지각 능력이 발달해 있어서 보조자의 도움을 받으면 충분히 등산을 즐길 수 있습니다."

긴장 분위기로 이대장의 말에 집중한다.

서수로 갖춰진 주의사항이 재차 강조된다.

"첫째, 산행 방향을 알려줄 때는 전후좌우 몇 미터 등 정확한 위치를 구체적으로 말해주도록 합니다."

"둘째, 흰 지팡이 사용자의 반대쪽에 써서 팔을 내어주고 장애인보다 한 걸음이나 반걸음 앞서 걷습니다."

"셋째, 뒤에서 민다거나 몸을 얼싸안으면 안 됩니다."

"넷째, 손목을 잡아끌면 안 됩니다."

"다섯, 지팡이 잡은 손을 붙잡거나 당기고 미는 행위는 절대 금물입니다."

"여섯, 흰 지팡이를 사용하지 않는 분은 보조자의 배낭끈을 잡게 합니다."

여러 번 반복한 사항이다.

"마지막 일곱째는 우리 막내님이 말씀하시죠?"

"저요?"

지연 씨가 선택받고 갑작스러운 질문에 당황한다.

"손으로 만질 수 있는 거리의 사물을 식별시키고자 할 때는 어떻게 해야죠?"

숨을 가다듬고 힘차게 답을 냈다.

"마지막 일곱, 12시 방향 정면을 기준으로 하여 시계방향으로 알려줍니다."

'짝짝짝~'

모두의 박수가 터져 나왔다.

다음날.

"흰 지팡이 가지신 분이 먼저 출발하십니다."

오늘 등산은 여섯 분이 오셨다. 그중 두 분은 지팡이 없이 걸으려 한다.

"너무 앞서 나가지 마시고 어느 정도 적정한 간격을 유지하며 천천히 걸어가시면 좋겠습니다."

경험이 많은 이 대장이지만 오늘도 어깨에 무거움을 느낀다.

고개를 든 수국 벌개미취 꽃무릇과 인사를 나누며 짝을 지어 안산 자락길을 걷는다.

"저 이 시 좋아해요."

흰 지팡이를 두드리며 미란 씨의 팔을 잡고 일행을 따라 걷다 문학을 꺼냈다.

"한 번 읊어 보세요."

잠시 심호흡을 하고 조용히 시어를 냈다.

'안에서 나오는 나

밖에서 들어온 너

서로 만나면

우리가 된다.'

짧지만 너와 나의 하나 됨을 군더더기 없이 표현했다.

마치 도움을 받고 봉사하면서 보람과 행복을 만끽하는 우리 같았다.

"멋져요! 자작시예요?"

"동생이 지하철에 시민공모로 당선된 작품을 알려 줬어요."

하나가 아니라 둘이라서 이 세상은 살아갈 힘이 생김을 되새긴다.

근 한 시간을 걸어 키 큰 메타세쿼이아가 군락을 이루는 쉼터에 닿았다. 숲이 품어내는 '피톤치드' 가득한 향내를 마시며 널따란 탁자가 앞에 놓인 나무 의자에 자리를 잡았다.

"궁금하죠?"

같이 자락길을 걸으면서 참으로 고우신 분이 어찌하다 시각장애인이 되었을까 무척 궁금했지만, 실례가 될 것 같아 질문을 삼갔다. 그런데 어떻게 눈치를 챘는지 상대방의 마음을 읽는다.

"어떻게 알았어요?"

"우리 인간은 감각기관 중 하나가 잘못되면 다른 기관이 발달한다고 해요."

시각이 없어지니 육감이란 예지 능력이 높아졌다.

"언제부터?"

"10년 전부터 아무 이유 없이 한쪽 시력이 급격히 나빠지기 시작했어요."

"그럼, 거의 최근의 일이네요."

"지금 제가 40대 초반이니 한참 직장에서 일할 나이였어요. 직책도 팀장이었고."

"병원에는?"

"갔지요. 그러나 시력이 점차 희미해지더니 불과 3년 만에 시각의 중심부가 보이지 않게 되었어요."

"그러면 직장도 못 다녔겠네요?"

"일한다는 자체가 불가능해서 직장을 나와 실업급여로 연명했어요."

"치료를 할 수 없었나요?"

"현대의학으로는 치료가 안 된다고 판정이 났고 얼마 후에는 완전히 아무것도 보이지 않는 전맹(全盲)이 되어버리고 말았어요."

점점 나빠지는 시력에 어떤 대처 방안도 없이 그저 기다려야만 했던 절박한 심정이 얼마나 아팠을까 이해가 되었다.

"무척 절망하셨겠네요?"

"치유할 수 없어 완전히 시력을 잃게 된다는 의사의 진단에 그 당시는 죽음의 그림자가 항상 따라다녔어요."

"누구나 이런 경우를 당하면 같은 입장일 겁니다."

"산을 오를 생각을 어떻게 하셨어요?"

"말로 표현할 수 없는 상실감에 죽음의 문턱을 오가던 중 우연한 기회에 '시각장애인센터'를 통해 산을 오를 기회가 생겼어요."

"혼자서요?"

"아니요. 그때 센터에서 보조자분을 동행하게 하셨어요."

"힘들지 않았어요?"

"처음이라 너무 힘들었지요. 발에 닿는 돌도 미끄러질까 봐 무섭고 뭐라고 말로 표현할 수 없을 정도로 불안했죠."

충분히 공감이 가는 심정이다.

"넘어지진 않았어요?"

"옆에 보조자님을 믿고 한 발 한 발 내딛다 보니 신기하게 적응이 되더라고요."

시각이 없어진 공백을 촉각이 대신하며 지켜준 것이다.

"옆에 보조자님이 저의 귀에 대고 차분하게 속삭였어요."

"무슨 말을 했는데요?"

"남들이 열 걸음 스무 걸음 걸을 때, 나는 한 발짝씩 내디딘다고 생각하고 걸으라고 했어요."

시각 장애가 있는 사람이 산을 오르며 겪는 위험과 고초는 헤아릴 수 없을 정도로 많았다. 그래도 중도에 포기하지 않고 보조자의 보호 아래 발을 내딛다 보니 어느덧 정상에 올라 있었다.

"정상까지 갔어요?"

"올랐어요."

"기분이 어땠어요?"

"눈으로는 아무것도 볼 수 없었지만, 보조자의 멋진 풍경에 대한 자세한 설명을 들으니 마음으로 느낄 수 있어서 보이는 것 이상으로 감동받았어요."

눈으로 볼 수 없어도 마음으로 풍경을 느낀다는 말에 깊은 감명을 받는다.

우리가 눈으로 볼 수 있는 세상은 국한되어 있지만, 마음으로는 저 멀리 우주 끝까지 볼 수 있다는 어떤 과학자의 말이 떠올랐다.

"전 마음으로 예전보다 더 많은 것을 볼 수 있어, 앞을 볼 수 있었을 때보다 더욱 행복하다고 생각해요."

가슴이 뭉클해진다.

보이는 것이 다 보이는 것이 아니고, 우리네 마음도 양자역학의 이론처럼 원자핵을 돌고 있는 전자가 저 멀리 우주를 떠다닌다는 사실이 생각났다.

시각장애인 등산 자원봉사를 와서 오히려 큰 깨달음을 얻었다.

희망과 꿈 행복이라는 긍정적인 단어는 신체적인 눈으로 보는 것이 아니라, 가슴의 눈 마음의 눈으로 보아야 한다는 것을 알았다.

"전 어떠한 일이 닥쳐도 포기하지 않고 사랑하는 사람들과 앞을 향해 걸어갈 수 있는 지금이 정말 감사해요."

감동 속에 깨달음이 찾아왔다. 삶 속에서 무엇을 추구해야 하야 내가 행복한지 그 진리를 배웠다.

"고맙습니다!"

큰 소리로 마음을 담았다.

"짝짝짝!"

박수 소리가 터져 나왔다.

화들짝 놀라 주위를 둘러본다. 숲의 향내가 가득한 숲속에서 무언으로 자연을 음미하고 있던 일행들이 두 사람이 나누는 대화에 이끌려 주변에 둘러앉아 있었다. 두 사람은 주변의 상황에 신경 쓸 여유도 없이 선문답을 논하며 무심의 경지에 머물렀다.

마치 부처님이 깨달음을 얻고 '죽림정사'에서 제자들에게 가르침을 주는 자리처럼 안산 자락의 쉼터가 진리를 설하는 장소로 거듭났다.

모여 있는 참가자들을 바라보며 미옥 씨가 말을 꺼냈다.

"행복한 사람이 걷는 게 아니라 걸으니 행복해지잖아요. 더구나 우리처럼 서로서로 도움이 되면서 걸으니 얼마나 행복해요. 맞죠?"

"와우~"

환호성을 지르며 동의했다.

메타세쿼이아 높은 나무 위에 천사님들이 구름을 타고 내려온다.

들국화 삼 형제

전 주만 해도 누가 더 소리가 큰지 경쟁이 치열했던 숲속 매미울음이 신기루처럼 사라지고, 풀벌레의 숨어 우는 울음소리가 대신 공간을 지배했다.

등산로 오름길엔 참나무에서 떨어지는 도토리 소리에 은둔해 있던 청설모와 다람쥐가 이리저리 풀숲을 헤집느라 쉴 틈이 없다.

오색딱따구리는 커다란 나무 속에 숨어있는 벌레를 찾느라 긴 부리를 마냥 쪼아대고 소나무에 가는 잎새에는 가을바람이 스치운다.

햇살이 포근하게 내려앉은 산행 들머리 오르막에 널찍하게 자리를 차지한 들국화에 시선이 모였다.

"많이도 피었네. 작년보다 더 예쁜 것 같아요."

지연 씨가 걸음을 멈췄다.

"벌개미취는 여러해살이풀이라서 해마다 이곳에서 다시 꽃을 피워요."

이 대장이 답한다.

"그런데, 왜 이름이 이렇게 어려워요. 코스모스처럼 쉬우면 좋을 텐데."

"벌개미취는 순수 우리말인데 코스모스 같은 외래어에 익숙해져서 그런 거죠."

"그럼, 코스모스는 원래 우리나라 꽃이?"

"코스모스는 태평양 바다 멀리 있는 멕시코에서 왔어요."

모두가 경청 상태로 전환되었다.

"번식력이 좋아서 우리나라 이곳저곳에 많이 자라고 있어 우리나라 가을꽃들이 피해를 보고 있는 거죠."

"그런데, 왜 가을이 되면 코스모스가 가을을 알리는 전령사라고 모든 사람이 이야기해요?"

"가수 김상희가 부른 '코스모스 피어 있는 길'이 오랫동안 많은 사람한테 사랑을 받아서 그런 영향이 커요."

"나도 그 노래 많이 들었는데."

이북에서도 가을이 되면 자주 들을 수 있었다.

"벌개미취의 '취'라는 말은 우리가 양념해서 먹는 '나물'의 우리말입니다."

'개미'라는 말이 붙은 것은 꽃대에 개미가 붙어있는 모습 같아서이고, '벌'은 꿀이 많아 벌들이 많이 찾아와서 이름이 붙여졌다.

"그럼, 나물이면 먹을 수도?"

"가을은 아니고 '취'라는 우리 들꽃들은 봄에 어린 순은 참기름에 양념해서 먹을 수 있고, 또한 한방의 약재로도 사용합니다."

"우리나라 들꽃들이 코스모스보다도 좋네?"

"그래서 '신토불이'인 거지."

모두가 '신토불이' 우리 것에 대해 소중함을 깨닫는다.

갈참나무 낙엽이 소복이 쌓인 오르막길을 오른다.

"이 꽃, 구절초?"

다시 질문이 나왔다.

"아니야. 쑥부쟁이."

미옥 씨가 답을 낸다.

"왜?"

오름길에 쑥부쟁이가 군락을 이루었다.

"연보라색 꽃에 줄기가 가늘고 꽃도 작고, 특히 줄기가 중심에서 기울어 있지?"

아래에서 보았던 벌개미취보다 작지만, 언뜻 보면 비슷비슷하다.

"아휴 어려워!"

"그래도 들국화 삼 형제만큼은 꼭 알아두어야 해."

오름길에 모두가 걸음을 멈추었다.

"들국화 삼 형제요?"

"벌개미취, 구절초, 쑥부쟁이."

가을이 되면 어김없이 산야를 가을의 향기로 채우는 들국화가 있다. 그중 세 가지 꽃 '쑥부쟁이', '구절초', '벌개미취'는 어디서든 흔히 볼 수 있기에 '들국화 삼 형제'라 부른다.

"나도 자주 들었는데 헷갈려요."

나머지 멤버들도 고개를 끄덕.

"조금 더 관심을 두고 보세요. 비싼 돈 내고 사는 약초라 생각하면 머리에 금세 들어올 겁니다."

교육 목적이 정해졌다.

"우리네 자연을 느끼고 사랑한다면 적어도 가을 들국화 삼 형제는 꼭 구분해야 합니다."

선택이 아니라 필수라고 재차 목소리를 높였다.

"이 세 가지 꽃이 왜 중요해요?"

예상된 질문이다.

"이 꽃들은 우리네 산야를 아름답게 만들기도 하지만, 식용과 약용으로도 사용될 수 있어요."

이유를 설명해 주었다.

"또한 이 꽃들을 아는 것은 우리나라 자연환경을 더 잘 이해하고 즐길 수 있게 해주는 첫걸음이라 할 수 있어요."

정의를 명확히 내렸다.

진지하게 경청하는 멤버들의 교육열이 가을바람의 울림도 잠시 소리를 멈추고 엄숙한 분위기가 된다.

"이런 시도 있어요."

시 한 수를 읊는다.

"쑥부쟁이와 구절초를 구별하지 못하는 너하고

이 들길을 여태 걸어왔다니 나여,

나는 지금부터 너하고 절교다."

멤버들의 시선이 미옥 씨의 입에 쏠렸다.

잠시 침묵을 깨고 최 팀장이 손을 들고 질문을 던진다.

"아니, 구절초와 쑥부쟁이 구별 못 한다고 절교를 해요?"

아직도 헷갈리니 당연한 애원 조 외침이다.

"그러니 절교당하지 않게 이번에 단단히 알아둡시다."

김원국 서장이 교육열을 끌어올렸다.

"가을 들국화에는 비슷한 삼 형제 이외에도 확연히 구별할 수 있는 산국과 감국이 있어요."

들국화 개론이다.

"이 꽃 쑥부쟁이는 주로 야산에서 발견되고 8월부터 10월까지 꽃이 핍니다."

그래서 오름길에 쑥부쟁이가 눈에 많이 띄었다.

"쑥부쟁이는 왜 기울어져 있어요?"

"가지가 많이 갈라지고 꽃도 가지마다 가득 피어나서 그 무게 때문에 땅에 비스듬히 누워 자라서 그래요."

"이름이 왜 쑥부쟁이?"

"쑥을 캐러 다니던 대장장이 딸이 죽은 곳에서 피었다는 데서 유래되었어요." 쑥부쟁이는 꽃말이 '평범한 진리'를 상징하며 자연스러우면서도 독특한 매력을 가진 들국화이다. 한 송이 꽃에도 많은 이야기가 담겨 있음을 깨닫는다.

역시 이름을 확실히 불러줄 때 나에게로 다가왔다.

좀 더 올라 숲속에서 흰색 연분홍색으로 자라고 있는 들국화를 만났다. 주로 흰색이 주로 보이고 사이사이 연분홍색이 툭 튀어나와 자태를 뽐낸다. 국화 향내가 방금 쑥부쟁이가 따라올 수 없는 진한 향기다.

"향내가 좋아요?"

"국화 향이 나는 아름다운 꽃 구절초입니다."

꽃잎 끝이 둥글둥글하고 잎이 갈라져 있다.

"아까 쑥부쟁이는 보라색이었는데 구절초는 주로 흰색이네."

"맞아요. 주로 흰색이에요."

"쑥부쟁이는 꽃말이 '평범한 진리'라고 했는데 구절초는?"

"구절초의 꽃말은 '어머니의 사랑', '우아한 자태'입니다. 비교하긴 그렇지만 쑥부쟁이보다는 좀 더 예쁘지요."

네이버의 검색창처럼 질문에 바로 답이 나온다.

신경을 집중해서 들었더니 들국화 삼 형제의 이름을 구분 못 해서 절교당할 사람은 없게 되었다.

이마에 땀이 송송 맺힐 즈음 나무 의자가 있는 넓은 쉼터에 닿았다. 들국화 강의를 듣느라 긴장감을 늦추지 않고 올랐더니 휴식이 꿀맛이다.

"벌개미취 연보라색, 도심 도로변. 쑥부쟁이 주로 보라색, 야산. 구절초 주로 흰색, 숲."

지연 씨가 정리했다.

"들국화 삼 형제는 각각의 아름다움과 특징이 있어요. 신토불이 우리 꽃이기에 더욱 보듬어 주어야 해요."미옥 씨가 맺는말을 잇는다.

"우리 땅에서 살아가는 그들의 존재를 알아주고 이름을 불러줄 때, 자연은 아름다움과 평화로운 감동을 듬뿍 줍니다."

최 팀장이 손을 들었다.

"긴급 질문 있습니다."

목소리의 음량이 높아 갈참나무잎에 전해져 낙엽이 되어 떨어진다.

"아까 쑥부쟁이 구절초를 구별하지 못하면 절교하라고 한 시인이 누구예요?"

감정이 들어간 따질 듯한 말투다.

하기야 모두가 너무 심하다 싶은 말을 한 시인이 궁금했었다.

"'누구나 시인이 될 수 있다'고 말하는 안도현 교수입니다."

좋은 말씀을 덧붙인 교수 시인이라는 답에 불만이 사라졌다.

여기저기 도토리 떨어지는 소리가 가을도 익어가고 있음을 알린다.

"선생님!"

최 팀장이 정규 등산로가 아닌 금줄을 넘은 산님을 큰 소리로 부른다. 참나무가 주종인 북한산에 가을이 되니 도토리가 지천이다. 도토리묵의 유혹을 이기지 못하고 선을 넘는 분들이 자주 보인다.

"조금만 주우면 안 될까요?"

"선생님이 도토리를 가져가시면 숲속 동물들은 굶어 죽어요."

지연 씨가 거들었다.

국립공원에서 야생동물의 먹이를 채취하는 행위는 과태료가 50만 원이다.

"빨리 나오세요! 50만 원 버셨습니다."

김 사장이 금액도 알려주었다.

'국립공원 시민보호단' 복장을 갖추고 산행 규칙을 위반한 산님들을 계도하는 것도 북한산을 오르는 또 하나의 이유이다.

바쁘게 숲속을 헤집고 다니던 청설모가 얼핏 뒤돌아 눈웃음을 보내고 상수리나무를 오른다.

문수봉에서

"불놀이야! 불놀이야!"

노래가 나온다.

"산이 불타고 있네!"

북한산의 불놀이에 능선을 걷는 산님들이 산 아래서 겪은 모든 세상살이의 짐을 털어내고 자연이 주는 아름다움에 신명이 난다.

색으로 단장한 북한산 주능선을 걸으며 풍경에 취해 걷다 보니 어느덧 727m 문수봉에 닿았다.

서쪽에는 유유히 흐르는 한강 너머 인천 바다가 보일 듯 말 듯 넓은 시야가 펼쳐지고, 북쪽으로는 북한산 최고봉 백운대와 도봉산이 우뚝 자태를 뽐낸다. 그 뒤로는 북녘 산들의 산그리메가 한 폭의 동양화를 창조했다.

문수봉은 북한산 세 개의 주요 능선인 산성 주능선, 비봉 능선, 의상 능선이 만나는 곳이다.

"선생님! 내려오세요!"

이 대장이 봉우리 북쪽 자락의 두꺼비 모양의 바위 등에 걸터앉아 있는 두 명의 산님들에게 외쳤다.

바위가 낭떠러지에 걸쳐있어 매우 위험한 곳이라 출입이 금지되어 있다.

"왜 사람들이 저길 올라가려 하지요?"

미란 씨가 물었다.

"두꺼비 바위에 올라 소원하면 떡두꺼비 같은 아들을 갖게 된다는 낭설이 있어서 그래요."

이 대장이 답한다.

"이곳은 왼쪽에 보이는 북한산에서 기가 제일 센 보현봉도 이웃하고 있어 문수보살과 보현보살이 중생들의 소원도 들어주시고 지혜도 준다고 알려져 있어요."

"그래도 그렇지, 바람 불면 떨어질 것 같은데 위험한 곳에 왜 올라가는지. 이곳에서 빌어도 될걸."

아들 하나인 지연 씨가 걱정을 보탠다.

"사람 욕심이라는 것이 두꺼비 형상의 바위 위에서 소원하면 같은 아들이라도 떡두꺼비 같은 아들을 낳을 수 있다고 믿는 거겠죠."

아들딸을 낳은 미옥 씨가 의견을 냈다.

"떡두꺼비 같은 아들 낳아봤자 뚱뚱하고 인물도 없을 텐데 아들이 뭐가 그리 좋다고. 딸이 얼마나 좋은 줄 몰라서 그래요."

딸만 하나인 미란 씨가 이의를 제기했다.

'아들딸 가치관이 달라진 시대에도 아직 떡두꺼비 같은 아들을 원한다.'

모두가 고개를 갸우뚱 의문을 제기한다.

서쪽으로 펼쳐지는 멀리서도 뚜렷이 구별되는 빨간 아치교인 '방화대교'와 한강을 끼고 평원에 솟은 '행주산성'이 풍경이 한눈에 들어온다.

"우리 아이들과 강화도에 가야 할 날이 얼마 안 남았네요."
행주산성 자락 보육원을 찾으며 차 사장이 말을 내었다.
새 학기가 시작되던 삼일절에 보육원에서 아이들과 약속했다. 그날 아이들과 손잡고 '서대문형무소 역사관'을 찾았다. 그곳에서 독립운동가들이 상상을 초월한 고초를 당하며 독립운동을 한 사실을 알게 되면서 나라 사랑의 큰 뜻을 마음에 새겼다.
역사관 관람을 마치고 안산 자락길을 돌면서 아이들의 질문은 온통 우리네 역사 이야기였다.
가벼운 마음으로 산책 후 아이들이 좋아하는 음식을 사주고 마치려던 일정이 어느 순간 역사 교육장이 되어 시간 가는 줄도 몰랐다.
질문의 강도가 현대 근대 중세 고대로 이어지더니 급기야 선사시대까지 거슬러 범상치 않은 질문이 쏟아졌다.
그 위기의 순간을 이 대장 덕분에 모면할 수 있었다. 역사를 가르치는 선생님 수준은 못 따라가지만, 어느 정도 아이들에게 설명해 줄 수 있는 지식을 갖고 있어 7인 구성원의 체면을 살렸다.
안산 둘레길을 돌고 태고종의 본원 사찰인 봉원사 근처 한식집에서 저녁을 하면서 아이들에게 개천절날 가고 싶은 곳을 물었다.
우리네 역사에 대한 시야가 넓어진 아이들이 너나없이 강화도 '마니산 참성단'을 선택했다. 단군왕검이 봄가을에 제사를 지내던 돌로 쌓은 참성단에서 개천절날 하늘에 제사를 지내는 모습을 보고 싶은 게 선택한 이유였다.

제주도나 동해, 남해 등 멀리 가고 싶었겠지만 큰 비용 안 들이고 쉽게 갈 수 있는 가까운 곳을 선택한 것은 아이들의 깊은 배려였다.

북한산 최고봉 백운대와 만경대 노적봉이 마치 산(山)자로 보이는 정경을 앞에 두고 듬성듬성 돌이 놓여있는 쉼터에 자리를 잡았다.

물들어가는 참나무 잎이 가을을 이야기하고 산에 거처를 삼은 들고양이는 무엇이든 달라고 멤버들 주위를 돌며 애탐을 전한다.

그 눈빛을 이기지 못해 지연 씨가 입에 넣으려던 닭가슴살을 주었다.

빠르게 달려와 '날름', 한입에 덥석. 그리고 또 애처로운 눈망울을 더욱더 강하게 굴린다. 그 눈빛을 바라보며 이러지도 저러지도 못하고 주춤하는 지연 씨.

그 침묵을 깨는 것은 일순간이었다.

이번엔 집 없이 산을 떠돌아다니는 들개가 새끼들까지 데려와 주변을 배회한다.

쉼터가 동물원 사육장이 되었다.

먹이를 주는 지연 씨에게 이 대장이 단호하게 말한다.

"선생님. 과태료 내셔야 합니다."

이 대장은 '국립공원 자율 레인저'이다.

"과태료요?"

"저기 현수막 보이시죠?"

참나무 소나무 양쪽에 길게 걸쳐있는 '야생동물에게 먹이를 주지 마세요!' 빨간 글씨로 적혀 있는 현수막이 보인다.

"아휴! 잘못했습니다. 한 번만 용서해 주세요. 레인저님."

아주 공손하게 두 손을 모으며 애처로움을 유도한다.

"뭐, 용서까지는?"

"아닙니다. 제가 법을 어겼으니 용서받아야죠."

"허허. 그러면 저의 직권으로 없었던 일로 하겠습니다."

큰마음을 내었다.

"레인저님. 안다고 봐주고 그러면 안 됩니다."

이번엔 최 팀장이 강한 이의를 제기한다.

"아니, 당신. 소중한 부인에게 이러기예요."

지연 씨가 얼굴에 노기를 띠고 눈망울이 커지며 일촉즉발의 상황이다. 부부싸움의 징후가 보인다.

상황을 인지한 차 사장이 즉시 형법 해석에 대해 판결했다.

"법이라는 것이 꼭 처벌하는 것이 능사가 아니고, 홍보나 계도를 하여 지키도록 하는 것이 '법의 정신' 취지에 맞습니다."

이 대장이 동의했다.

이 사건은 최 팀장이 지연 씨를 꼭 안아 주는 것으로 마무리되었다.

쉬지 않고 나무 속 벌레를 쪼느라 딱딱거리던 오색딱따구리가 잠시 눈을 돌려 윙크를 보낸다.

눈이 부시도록 파란 캠퍼스에 하얀 뭉게구름이 두둥실 길을 간다.

또 하나의 하루가 가고 있다.

마니산 참성단

에메랄드 하늘을 바라보다 눈이 부셔 손바닥으로 가리개를 했다. 동쪽에서 서서히 높이를 높여가는 해님의 미소가 누리를 감싼다.

개천절을 맞아 오늘은 보육원 아이들과 강화도 마니산을 찾는 날. 강화대교를 건너 도착한 마니산 주변은 여기저기서 신명 나는 우리네 전통 놀이와 축하 공연이 열리고 있다.

버스에서 내린 아이들도 흥이 절로 난다.

우선 단군 놀이터에 들렀다.

"파도가 출렁거려요!"

아이들이 마치 파도가 치듯 전시장 바닥에 출렁이는 바닷물에 쓸려갈 것 같아 크게 소리친다.

참성단에서 지냈던 제사 의식을 재현한 청사 체험실엔 각자의 소원을 청사에 적거나 그려 하늘 위로 훨훨 띄운다.

아이들은 청사에 그림을 그리고 하늘에 날아가는 걸 보면서 마냥 즐겁다.

고조선의 유물을 구경하고 단군 할아버지에게 질문을 던지며 대화하는 이야기 나눔의 장소로 갔다.

"단군 할아버지 몇 살까지 사셨어요?"

"단군 할아버지 부인은 누구세요?"

"아버지는 누구세요?"

"어디서 사세요?"

마이크에 대고 물어보면 인자하신 할아버지는 알기 쉽게 대답해 주신다.

홍익인간 이념을 전국 8도에 전파되는 염원을 담은 단군신화 속 신단수 조형물과 8개의 앉음벽의 천부인광장도 들렀다.

무엇보다 저학년 아이들이 좋아하는 곳은 단군 놀이터였다.

터널 통과하기, 큐브 그물 오르기, 거미그물 놀이, 흔들다리 건너기, 밧줄 레이스, 그물 탑 오르기를 하면서 시간 가는 줄도 모르고 놀았다.

"얘들아, 이제 하늘에 제사 지내러 가야지."

놀이터에서 아이들을 모았다.

단군이 하늘에 제사를 지내던 제단인 참성단이 있는 개천마당이다.

개천마당은 마니산 정상에 있는 참성단의 원형을 그대로 본뜬 참성단 모형과 성화 체험을 할 수 있는 곳이다.

한 명씩 올라 제사도 지내고 성화도 체험한다.

단군 놀이터에서 티 없이 뛰어놀던 아이들이 이곳에선 신성한 기운을 느끼고 모두가 말수가 없어져 경건하고 엄숙한 분위기로 변했다.

단군 할아버지는 우리 민족의 역사를 시작하는 출발점이었다.

제천 행사

자연석으로 기초를 둥글게 쌓아 올린 네모꼴의 제단에 오곡백과가 차려졌다.

"왜 육지에서 배를 타고 강화도까지 와서 제사를 지냈을까요?"

지연 씨가 물었다.

"마니산은 그 생김새가 천하제일의 요새이고 음인 땅과 양인 하늘이 만나는 신성한 산이기 때문입니다."

이 대장이 답했다.

"그래서 강화도의 고유 지명인 '마이', '혈구' 등은 하늘과 인연이 깊다는 뜻입니다."

모두 우리나라 제1 사적인 참성단의 이야기에 귀를 기울였다.

"참성단 하단은 둥근데 제단은 왜 원형이죠?"

"그건 땅과 하늘을 상징합니다."

서해를 건너온 바람이 따스함을 몰고 와서 제단에 온기를 뿌린다.

곧이어 제단 앞에 왕관을 쓴 임금님이 무릎을 굽혔다.

"임금님이 무릎을 굽혔어요."

아이들이 묻는다.

"하늘에 지내는 제사는 나라에서 제일 으뜸인 임금님이 제사장이 된단다."

"누구한테 절을 하는 거예요?"

해 맑은 동심의 질문이다.

"하늘을 주관하시는 분에게 드리는 거지."

"하늘을 주관하는 분이 누구세요?"

"옥황상제 또는 한울님, 하늘님, 하느님이라고도 불러."

"그럼 교회에 하나님과 같아요?"

5학년 은영이가 물었다.

"기독교가 생긴 지 2천 년이 조금 넘었지만, 하느님은 오랜 태고 때부터 우리 민족이 믿었던 분이니 관련이 없어."

우리말로 비슷한 하느님, 하나님이니 그렇게 생각하기 십상이다.

"이곳은 기원전 2333년 단군 할아버지가 우리 땅에 고조선을 세우시고 하늘에 제사를 지내셨던 곳이야."

임금님이 잔에 술을 따르고 다시 절을 할 때마다 햇빛에 반사되는 왕관의 찬란함에 눈이 부시다.

"왜 이런 의식을 해요?"

저학년 동철이가 물었다.

"하늘에 제를 올리는 제천 행사는 하늘과 대지의 도움으로 마련한 음식을 제사상에 올린 뒤 이듬해에도 풍년이 될 수 있게 해 달라고 소원을 비는 거야."

제천의례는 갈등과 해소의 장으로서 축제이자, 왕은 주술적(呪術的) 능력을 갖추고 기후와 농사의 풍흉(豊凶)을 책임진다고 믿었다. 사람들은 자신들의 물적 생산을 보장받기 위해 자연의 공포와 기아(飢餓)의 두려움을 왕에게 위임하고 제사장인 왕의 특권을 인정해 주었다.

우리나라에서 제천 행사는 고대부터 국가의 중요한 행사이자 온 백성이 참여하는 축제의 한마당이다.

임금님의 제례가 끝난 후 음식이 나누어 주고 흥겨운 춤과 가락이 한바탕 축제의 장이 된다.

"제사 지내는데 이렇게 흥겨워도?"

"제천 행사는 제사만 지내는 것이 아니라, 온 국민이 참여하는 나라 전체의 축제야."

"축제요?"

"그렇지. 백성들은 아름답고 화려한 옷을 입고 나와 먹고 마시며 즐겼어. 임금님은 반역의 죄를 저지른 경우가 아니면 자비를 베풀어 죄수들도 풀어 주었고."

고대 국가들은 제천 행사를 통해 풍년을 기원하고 온 국민이 화합하는 계기를 마련했다.

한자 이야기

"한자 있잖아요?"

지연 씨가 새 주제를 꺼냈다.

민속학을 논하는 자리에 문자학이 들어왔다.

"한자가 문제라도 있어요?"

민족의 풍속에 대한 진지한 역사적 고찰을 설하는 자리에 생뚱맞게 글자 이야기를 꺼내니 책망 조로 말을 던졌다.

"제사 지낼 때도 그렇고 한자가 너무 어려워요?"

"그렇게 생각하는 것이 보통이죠. 그러나 필수 한자는 꼭 알아야 한다는 것이 저의 생각입니다."

"중국문자를 배워야 하는 우리 한민족이 안쓰러워서."

"그렇게 생각할 수도 있죠. 그러나 한자의 기원은 중국 대륙이 아니라는 학설이 힘을 얻고 있어요."

"그래요?"

처음 들어보는 이야기에 아이들의 눈망울도 빛난다.

"한자가 중국에서 처음 만든 것이 아니고 원래 한반도에서 만들어졌다고 해요."모두가 또 하나의 새로운 학설에 귀가 쫑긋.

"한자는 은나라 때 갑골문자에 새겨졌다고 배웠는데요?"

학업 성적이 우수한 은영이가 질문을 냈다.

"그때보다 더 훨씬 전에 한반도에 한자가 있었다는 사료가 있어."

"그럼 한자가 우리 조상님들이 만든 문자라는 거죠?"

원국 사장이 물었다.

"글자로도 증명이 됩니다."

"어떻게요?"

"예를 들면 중국에는 논과 밭을 구분하는 한 글자로 된 문자가 없습니다."

"맞아요! 없어요. 두 글자로 써야 의미를 표현할 수 있어요."

혜영 사장이 이 대장의 이론을 뒷받침해 주었다.

"한국에선 밭은 田으로 표시하고, 반면에 논은 물이 들어와야 하는 농지이기에 물 수(水) 자를 밭 위에 얹어 '답(畓)' 한 글자로 표시합니다."

그리고 또 하나의 글자를 예로 들었다. 수건이나 천 깃발을 표시하는 건(巾) 자도 중국엔 없다.

"중국이 낳은 세계적 문자 학자 임어당 박사님 알죠?"

임어당은 소설가, 사상가이며 세계적으로 권위 있는 언어학 박사다.

"한국에서도 임어당 작가님은 잘 알려져 있잖아요."

책 읽기를 좋아하는 지연 씨가 거들었다.

그는 중국을 소개하는 '생활의 발견'으로 우리나라에서는 유명작가로 알려진 지가 오래되었다. 이후에도 중국을 알리는 집필활동을 계속하여 중국 고전을 세계에 알렸다.

"한국에서도 많이 알려진 분인 줄 잘 몰랐어요."

혜영 사장이 새로운 사실을 알아간다.

중국 복건성 출생으로 영어에 관심이 많아 상해 기독교 단에서 운영하는 성 요한 대학에서 언어학을 공부했다. 미국 하버드대학에서 석사학위를 받았으나 지원금이 끊기는 바람에 프랑스로 건너가 중국인 이주노동자들에게 글을 가르쳤다.

그 후 독일 예나대학과 라이프치히대학에서 언어학을 전공하고 철학박사 학위까지 받았다. 베이징대학 교수로 초빙되어 문학비평과 음운학을 가르치면서 왕성한 집필활동을 시작했다.

1924년에 노신(魯迅)을 만나 그에게 많은 감화를 받아 군벌 통치의 폐해를 고발하다 모든 군벌의 지명수배자가 되어 북경을 떠났다.

1930년대부터 중국어 외에도 영어로 글을 쓰고 발표했다. 1936년 뉴욕으로 가서 활발한 저술 활동을 했다. 대외에 중국을 알리는 작업을 계속하여 중국 고전을 영어로 번역하기도 했다. 1965년 이후 대만에서 살다가 1976년 82세의 나이로 홍콩에서 생을 마쳤다.

중국에서 세계적으로 알려진 몇 안 되는 석학 중의 석학이 임어당이다.

"그분이 한자와 무슨 관련?"

모두의 의문사항이다.

"한국 학자가 박사님을 찾아와서 이렇게 질문을 했어요."

"무엇을?"

"왜 중국에선 한자를 만들어서 우릴 힘들게 하냐고."

그 당시 한국에서는 배우기 힘든 한자를 폐지하고 한글만 쓰자는 주장이 지배해 한자 교육 과정을 제외시켰던 시기였다. 한글 사랑이란 그럴 듯한 이유를 붙였다.

"그래서 답변하셨나요?"

"하셨죠."

"뭐라고?"

점점 흥미가 더해 간다.

"찾아온 한국 학자에게 '한글은 자네 나라 글자인데 왜 조상님이 만든 글자를 사랑하지 않습니까?'라고 오히려 심하게 책망을 주었다고 해."

중국인의 자존심을 버리고 학자의 양심적인 견해를 알려준 것이다. 모두의 가슴 속에 자존감을 상승시키는 열기가 몸을 데운다.

단군의 자손 한민족은 위대했다.

하느님 하나님

"집에서 지내는 제사 하고는 많이 다른 것 같아요?"

우리나라 풍습에 익숙하지 않은 양강도가 고향인 지연 씨의 물음이다.

"가끔 제사가 유교 의례라는 선입견들을 품고 있는 분들이 많아요."

"저도 그렇게 생각했는데요"

"조상숭배의 제사는 공자님이 탄생하기 수천 년 전인 선사시대부터 전해 내려오는 인류의 보편적 문화입니다."

"그럼 제사가 유교의 가르침이 아니네요?"

"당연하죠. 유교가 제사의 기원이 절대 아닙니다. 다만 인륜과 도덕의 가치를 정립한 유교에서 의례로 형식적인 체계를 세운 겁니다."

제천 행사의 전통은 아주 오래전 수메르문명, 고대 그리스와 로마, 아메리카의 마야와 잉카문명은 물론 기독교의 구약성서에도 카인, 아벨, 아브라함 등이 곡식과 동물을 제물로 바쳐 신을 모시는 문화가 있었다.

"제천 행사와 제사는 조상과 자손, 신과 인간이 소통하고 하나가 되는 문화행사인 겁니다."

이 대장이 명확한 정의를 내렸다.

"그래서 노래와 춤 가무를 즐길 수 있는 거네요?"

"그렇죠. 지존이신 상제 하느님께 믿음과 공경을 올리고 제천의례 후에는 신과 인간, 인간과 인간이 한마음이 되어 축제를 여는 겁니다."

"상제님이요?"

"옥황상제라고 불리는 우리 고대사의 '환인' 님이십니다. 다른 말로 표현하면 하느님이죠."

"단군 할아버지는?"

"환인 님의 손자이시고 아버님은 환웅이십니다."

환인과 환웅 단군은 우리나라 건국 신화에 나오는 분들이다. 환인 하느님이 아들 환웅에게 천부인을 주며 인간세계를 다스리라고 하셨다.

환웅은 3천 명을 거느리고 태백산에 내려와 신시를 세웠으며 웅녀와 혼인하여 아들을 낳으시니 그가 단군이시다.

"그럼 환인 님이 하늘의 주인이시네요?"

"하늘의 신이시죠."

"환인이 무슨 뜻이에요?"

"환은 '환하다', 인은 '최고의 존재'를 뜻하는 말입니다."

"환인 님이 곧 하느님이시네요?"

"맞아요. 하느님이십니다."

"그러면 교회에서 하나님은?"

"기독교에서는 성경에 기재된 영어 단어 'God'을 우리말로 번역하면서 '하느님'이 아닌 '하나님'으로 부른 거죠."

"?"

"우리 민족은 본래 '환하다'라고 표현하는 밝은 광명을 숭배하는 민족이기에 흰옷을 즐겨 입었습니다."

"그래서 백의민족?"

"그렇죠. 환한 광명숭배 사상이 있었던 겁니다."

우리네 뿌리를 찾아가는 역사 교육장이 되었다.

"그리스·로마 신화를 읽으면 강한 힘을 가진 신들은 부자지간에 사이가 안 좋던데?"

"인류사에서 그런 경우가 많지만, 환인은 아들 환웅이 인간세계를 다스리고 싶어함을 아시고 천부인 3개를 주며 정통성도 부여했습니다."

"천부인이 무얼 말하죠?"

흥미를 더해 가니 혜영 사장도 질문을 냈다.

"단군의 아버님 환웅이 하느님이신 환인으로부터 받은 風伯(풍백), 雨師(우사), 雲師(운사)의 三神(삼신)을 거느린다는 의미의 세 가지 인을 받고 세상을 다스린 것을 말합니다."

우리 민족의 기원은 그리스 신화처럼 우라노스, 크로노스, 제우스로 이어지는 부자지간의 골육상쟁이 아니다.

"환인 님은 아들을 위하여 환웅이 뜻을 펼칠 곳을 직접 선택하셨고 '홍익인간'이라는 지도이념도 내렸어요."

"홍익인간요?"

이번엔 어린 영희가 묻는다.

"널리 인간세계를 이롭게 한다는 뜻이야."

단군은 하늘과 인간이 합하여 하나가 된 존재로 조화와 평화를 중시하는 홍익인간의 정신으로 나라를 다스렸으며 우리나라 사상의 원천이 되었다.

조선 시대에도 왕이 직접 원구단에서 비와 풍년을 빌었으며, 단(壇)을 쌓고 천지(天地)에 제사하였다. 그리고 한말(韓末)에 일제가 국권을 침탈하자 이를 되찾기 위해 일어난 의병 중에는 제천의식을 행하는 부대도 있었다.

제천의식은 근래에까지 계승되어 가뭄이나 홍수가 들면 하늘과 산천에 제사를 지내 자연의 순탄함을 빌기도 한다.

특히, 강화도 마니산의 참성단(塹星壇)과 강원도 태백산의 천제단(天祭壇) 등에서 국가의 태평과 국민의 안정 및 민족의 무궁함을 기원하는 제사 의식을 행하고 있다.

일제강점기 때에도 개천절 행사는 민족의식을 고취하는 데 기여하고 상해 임시정부는 음력 10월 3일을 국경일로 정했다.

광복 후 이를 계승해 음력 10월 3일을 양력으로 바꿔 거행하게 된다.

절제된 전통 의식도 경험했고, 전통 놀이와 다양한 축하 공연도 보았다. 경건한 제사 후에는 모두가 한마음으로 축제를 즐기는 화합했던 우리 민족의 흥도 느꼈다.

아이들에게 역사의식을 심어주고 개천절의 의미를 설명해 주며 스스로도 한민족의 정체성을 되새겨 보는 소중한 기회가 되었다. 백의민족 한민족은 위대했다.

원탁의 여인들

'번쩍' 번갯불을 동반한 검은 구름이 서서히 하늘을 덮으며 어둠을 몰고 온다.

모차르트의 진혼곡 Requiem이 거대한 오케스트라의 반주와 함께 대지에 울려 퍼진다. 죽은 이의 영혼을 위로하기 위한 미사곡의 서막처럼 남아있던 작은 밝음도 어둠에 덮였다.

'우당탕 꽝!'

천둥소리에 맞춰 하늘에 구멍이 난 듯 굵은 빗줄기가 대지를 때린다.

우산의 도움을 받았지만 몰아치는 소낙비를 당해낼 수 없어 옷이 흠뻑 젖었다. 부리나케 식당 문을 열고 안으로 들었다.

"어서 오세요. 2층 7호실에 계십니다."

반가운 인사말에 단골손님의 품위가 서린다.

들국화 향내가 물씬 나는 화분이 진열된 통로를 지나 한지 창호가 발라진 미닫이문을 열었다.

"동생님. 비 많이 맞았네. 어서 이리 와."

"어휴, 회장님! 고생 아주 많이 하셨나이다."

"차 소장. 방가."

여러 칭호로 반가운 인사를 받는다.

"언니 살 많이 빠졌네요. 모델 나가셔도 되겠어요."

"원장님은 부티가 나십니다."

"너 전화 좀 빨리 받아라."

인사를 건넨 상대방에 맞게 답을 내었다.

영국 '아서왕'의 '원탁의 기사'들은 아니지만 4명의 여인이 한식집 테이블에 둘러앉았다.

10년 전 한국 해외연수 대상자 선정을 앞두고 사무실에서 '왕 월정' 공회주석과 한바탕 전쟁을 치른 후 연길시장에 모여 울분을 삼켰던 기억이 새롭다. 그때 동참했던 조선족 직원들이 오늘은 바다 건너 한국 땅에서 시장이 아닌 고급 음식점에 자리를 차지했다.

중국 한족과 차별되는 조직 문화 속에서 상급자인 '왕 주석'의 의도적인 괴롭힘도 더해져 과감히 사표를 내고 한국에 둥지를 틀었다.

"언니는 음식 잘하는 자기 가게 놔누고 왜 이곳으로 정했어요?"

"나도 남이 해주는 요리 편히 앉아서 먹으면 배가 아프냐?"

"그게 아니고요. 언니네 가게 매상 올려주려고 그러는 거지요."

"됐다. 너희들이 안 와도 손님 많아 돌려보낼 지경이다."자본력이 있던 언니는 서울에 와서 횟집을 차렸다. 남편과 함께 밤을 낮같이 보내면

서 아무리 바빠도 웃음을 잃지 않고 손님을 맞았다. 지금은 그 지역에서
는 꽤 소문이 자자하다. 2년 전엔 매장도 넓혀 옛 직장 은행 점포만 한
크기로 성장했다.

"오늘은 내가 쏜다. 맘껏 들어."

선배이신 횟집 사장님이 비용을 다 내겠다고 나섰다.

"아녜요. 선배님, 오늘은 제가 해야지요."

석 달 전 지하철역 주변에 피부관리실을 오픈한 혜영 사장의 입행 동
료가 가로막고 나섰다.

"가게 개점한 지도 얼마 안 되어 쓸 곳도 많은데 무리하면 못 써요."

"선배님 저 무리하는 것 아녜요."

"돈은 버는 것보다 쓰길 잘 써야 해."

선배님이 강하게 훈계하신다.

"저 여윳돈 있어요."

"그래도 있을 때 아껴야 해!"

"한 번만 봐주세요."

돈을 내겠다고 애원 조로 선배의 허락을 구했다.

"모두 오셔서 물심양면으로 도와주셨는데 당연히 제가 인사라도 해야
죠."

가게 문을 열 때 자금이 부족해 십시일반 돈을 모아 융통도 해주고 사
업에 대해 여러 조언도 해주었다.

절대 물러설 기미가 보이지 않는다.

"그래. 그럼 돈은 내지 말고 인사만 해!"

솔로몬의 판결이 나왔다.

"손님은 많이 와?"
친구인 차 사장이 물었다.
"그 동네가 돈 많은 사람이 많은가 봐."
"당연하지, 강남인데."
"보통 오시면 전신미용을 원하셔."
"그러면 돈이 되겠네. 그럴수록 정성을 다해 잘해드려."
사업 선배인 혜영 사장이 진심을 담았다.
"응. 단골손님이 많이 생겼어."
중국에서 한의사를 하신 아버님 덕분에 건강과 약초에 대해서는 남다
른 지식이 넘쳤다. 오죽하면 은행원 하지 말고 한의사나 약제사를 하라
고 주위에서 권할 정도였다. 그러나 중국 시장은 그 당시에는 미용이나
건강 관리에 돈을 지출할 사람이 많지 않았다. 한의약에 대한 탁월한 실
력을 갖추고 한국에 와서 미용학원에 다니며 현대미용도 익혔다. 동양
의학의 근간인 한약재를 주재료로 강남 모퉁이에 자연 친화적인 피부관
리실을 오픈했다. 차별화된 간판을 보고 가게 문을 여는 고객이 끊이지
않아 석 달 만에 자격 있는 피부 관리사를 두 명이나 신규 채용했다.
"항상 초심을 잃지 마!"
선배님의 진언이 하달된다.

이야기에 빠져 음식을 주문할 생각도 못 했다. 잠시 말을 끊고 한복을
곱게 차려입은 실장을 불러 메뉴판을 보고 음식을 시켰다.

주문받고 나가는 미닫이문 소리를 듣고 다시 탐문 조사가 이루어진다.

"우리 박 회장은 명불허전이니 말할 것 없고."

"그래도 저도 기회를 주세요. 언니."

평화시장 차 사장은 이 모임에선 사업체를 몇 개 가지고 있다고 회장으로 칭한다.

"나중에 해. 넌 말이 필요 없잖아."

"그래도 그렇지요."

강하게 항의했지만 요지부동.

"우리 막내 이야기가 궁금한데?"

선배님을 대신해 피부관리 사장님이 결정을 내렸다.

"우리 막내님 바깥양반은 출타 중?"

선배님이 물었다.

"어떻게 아셨어요?"

"내가 인생을 살아온 햇수가 있는데 그 정도는 아무것도 아니지."

모두 선배님의 예지에 감탄의 눈빛을 보낸다.

"역시 선배 언니는 미래를 보는 눈이 있으십니다."

"맞아요! 선배님이 그날 우리 중국을 떠나자고 할 때 말이에요."

"응. 무슨?"

기억의 저편 피안의 이야기에 한마음이 된다.

"그땐 선배님 말씀을 건성으로 들었는데 막상 오늘 같은 위치가 되니 정말 선견지명이 탁월하시옵니다."

"우리 선배님은 신의 뜻을 전하시는 예언자시며 선지자이십니다."

"우리네 삶의 갈 길을 안내해 주시는 신호수죠."

각자의 맘을 담아 갖은 찬사가 쏟아졌다.

"야!"

선배님이 진노하신다.

"너희들 돈 안 들어간다고 그렇게 말로만 미사여구를 늘어놔도 되냐?"

사실 지난날을 돌이켜 보면 어떻게 살아가야 할지 갈팡질팡할 때 선배가 없었다면 결단을 내릴 수 없었다.

그때 선배의 이 말은 아직도 귓가에 맴돈다.

"한국에 가면 우리가 같은 민족인데 여기보단 사람 대접받겠지."

그 말이 자존심 강한 백의민족의 혼을 깨운 것이다.

막내는 한국에 들어와서 마땅히 일할 곳이 없어서 음식점에서 일하다가 선배의 소개로 무역업을 하는 한국 남자와 결혼했다.

남편은 주로 국내 전자제품을 미주 지역에 수출하는 일을 한다. 최근 한국 IT산업의 세계적 위상 강화로 호황을 누리고 있다. 지난주 해외를 나가기 전, 가 보고 싶은 곳을 맘껏 다니라고 배기량 2,500cc의 신차도 사 주고 떠났다.

오늘 식사 후 새 차의 시승식이 거행된다. 남북을 구분 짓는 철책선이 쳐진 자유로를 달려 황희 정승이 머물렀던 반구정에 가기로 예정되어 있다.

이야기꽃을 피우고 있을 때, '우당탕' 천둥소리와 함께 7호실 문이 열렸다.

만남

'드르륵'

미닫이문이 열리며 한 상 가득 차려진 음식이 나왔다.

사계절 푸른 '서울식물원'이 한눈에 조망되는 넓은 유리창에 번갯불이 찰나의 레이저 빛으로 번쩍이더니 또 한 번 천둥을 동반한다.

'우르르 꽝!'

범상치 않은 굉음에 모두의 시선이 검은 구름이 해를 가려 어둠이 짙게 깔린 창밖 세상을 향했다.

"막내야. 오늘 비가 너무 와서 임진강 넘치는 것 아니야?"

"아쉽지만 새 차 시승식은?"

아침에 쉬엄쉬엄 내리던 비가 태풍을 몰고 오는지 위세가 대단해졌다.

머리에 하얀 두건을 쓴 여종업원이 가벼운 묵례를 하고 식탁에 음식을 배열하느라 손놀림이 바쁘다.

"와! 오늘 음식 비주얼이 끝내줘요."

막내가 영어를 섞어 호평을 냈다.

피부관리실 사장께서 상차림을 끝내고 다소곳이 인사를 하고 나가려는 종업원의 손목을 잡았다.

살포시 손을 열어 1만 원 지폐를 건넸다.

"고맙습니다."

요즘 팁이라 불리는 봉사료를 직접 건네는 손님은 거의 없기에 말에 고마움의 진정성이 느껴진다.

그런데 말 추임새가 이곳 말씨와 다르게 친밀감이 전해온다.

종업원이 인사를 하고 고개를 들었다.

그때.

'번쩍!'

엄청난 밝기의 번갯불이 창문을 뚫고 들어와 여종업원의 얼굴을 비췄다. 모두의 시선이 얼굴에 쏠렸다.

순간.

방 안의 움직이는 모든 것이 멈췄다.

곧이어 '우르릉 쿵, 꽝!'

대지를 삼킬 듯 개벽의 천둥소리가 누리에 찬다.

자유로

"임진왜란 당시 정말 여자들이 행주치마에 돌을 날랐을까?"

강가 나지막한 산에서 수만 명의 왜군을 물리쳤다는 것이 실감이 안 나 막내가 질문을 던졌다.

"수적으로도 상대가 안 되고 조총으로 무장한 왜적들을 상대하려면 남녀노소 모두가 힘을 합쳐야 했겠지."

자유로 길목에서 행주산성 자락을 돌면서 차 사장이 답한다.

막내가 선물 받은 2,500cc 승용차 시승식에 참가한 원탁의 여인 4명의 시선이 차창 밖으로 향했다.

천지를 집어삼킬 듯이 천둥 번개를 동반하고 한바탕 쏟아붓던 빗줄기가 거짓말처럼 사라졌다. 검은 구름을 밀어낸 하늘에는 태양이 제자리를 찾았다. 극과 극의 전혀 상반된 모습을 자유자재로 보여주는 대자연의 힘을 본다.

"선배님. 아까 '왕월정' 공회주석 말이에요?"

모두가 꺼내지 않고 속에 담고 있는 말을 꺼냈다.

"아니다. 나중에 이야기하자."

막내의 질문을 선배가 막았다.

"그래, 지금은 바깥 경치 보면서 가자고."

피부관리실 사장이 동의하고 혜영 사장이 고개를 끄덕였다.

행주대교부터 철책선이 쳐진 한강변 습지에는 왜가리 등 철새들이 날아와 분주하게 먹이를 찾느라 바쁘다. 강 한가운데에 정박한 작은 통통배가 물고기를 걷어내느라 여념이 없다.

선사시대부터 한반도 중앙을 가르며 한민족의 젖줄로 헤아릴 수 없는 계절의 오고 감을 지켜보며 유유히 흘러가는 한강이다.

"한강이 한이 많아서 한강이라는 말도 있던데?"

"그 한(限)이 아니고 물을 뜻하는 한수 한(漢)을 써요."

"한강이 폭도 넓고 연변에 두만강보다 긴 것 같죠?"

"그럼요."

선배가 묻고 혜영 사장이 답했다. 이어서 막내의 질문이 이어진다.

"어디서부터 시작이에요?"

"한강은 강원도 삼척에서 발원하여 많은 댐을 거쳐 양평을 지나 서해로 흘러가."

"서해라고 하면 황해?"

"그래, 중국에선 황해라고 하지."

중국 문명의 발생지인 황허의 토사가 유입되어 바다의 색깔이 누런 빛을 띠어 황해라는 이름이 유래되었다.

시원하게 뻗은 자유로를 막힘없이 달려 파주를 지나 한강과 임진강이 만나는 통일동산 북쪽 자락을 지난다.

강가를 따라 쳐진 철조망이 지나온 곳과는 비교가 안 되게 이중 삼중으로 쳐져 물 샐 틈 없이 북과 경계를 지었다. 군인들이 총을 들고 지키는 초소가 연이어 나타난다.

"여긴 살벌하네?"

선배가 의문을 냈다.

"남북의 허리를 잘라낸 155마일 휴전선이 시작되는 곳이니까요."

혜영 사장이 말을 받았다.

"그럼 강 너머가 북한이네?"

"예. 여기서부터는 앞에 보이는 강이 남북을 구분하는 군사분계선이라고 생각하시면 돼요."

"한강이 아니야?"

"임진강이에요. 이 강도 한강처럼 서쪽으로 흘러가서 두 강이 서해에서 만나요."

"그럼 중국 황허강하고 마중물이 같네?"

"그렇죠. 빙하기 전에는 한반도와 중국 대륙이 붙어 있었어요."

"어떻게 보면 한반도와 중국이 같은 점이 많아."

빙하기 때 한반도와 중국이 갈라지며 바다가 형성되었다.

"서해는 대륙에서 날아오는 황사가 쌓여 수심도 낮아요."

"얼마나?"

"보통 30m 정도이고 깊은 곳이 100m 정도예요."

"미세먼지 주의보가 자주 발령되는 이유를 알겠네."

중국 황허강과 사막에서 날라 오는 황사는 때론 사람들에게 많은 해악을 주고 있다.

"한반도는 오래된 땅이에요."

"그래!"

"중세기 공룡이 노닐던 흔적도 많고 고인돌은 세계에서 제일 많이 분포되어 있어요."

"그 정도야!"

"우리가 자주 찾는 북한산도 1억7천만 년 전 '쥐라기 시대'에 탄생했어요."

"공룡이 주인이었던 시대이네. 중국은 별로 없잖아."

한국이 작은 나라라는 선입견이 있는 선배의 당연한 놀람이다.

"어찌 보면 중국이 한국에서 떨어져 나갔다고 볼 수 있는 거죠."

중국에서 차별받던 조선족 여인 4명의 어깨가 점점 올라간다.

학교에서도 배우지 못한 지식강의에 차 안이 이동 교실이 되었다.

"그런데 넌 어디서 이런 품위 있는 배움을 얻었냐?"

선배가 물었다.

"저요. 아버님이 한반도와 우리 민족에 대해 많은 걸 알려주셨어요."

영남학파의 기개를 지키며 독립운동에 헌신하신 할아버지의 가르침이 아버지를 거쳐 대를 이은 것이다.

반구정

    지구상 유일한 분단국의 아픔을 보여주는 자유로를 달려 사당과 정자 음식점이 한곳에 모여 있는 주차장에 닿았다.

    어느덧 해님은 하루의 일을 서서히 마무리하며 서쪽 지평선을 넘어가는 중이다. 낙엽이 수북이 깔려 가을바람에 날리는 만추의 정경은 계절의 끝자락을 보여준다.

    "여기가 반구정?"

    선배가 묻는다.

    "고려 말에서 세종조에 이르기까지 임금을 보좌하신 황희 정승이 머물던 곳입니다."

    차 사장이 답을 냈다.

    "그렇게나 오래?"

    "역사상 청백리로 가장 존경받는 분입니다. 관직 생활만 60년을 하셨습니다."

    "무슨 일을 하셨는데?"

    이번엔 친구 사장이 물었다.

"응. 조선 초기 법률과 국가 제도를 정비하고 특히 세종대왕의 한글 창제를 돕는 등 태평성대를 이룩하는 데 일등 공신이셨어."

"그럼 개인적으론 부침의 순간이 없이 평온하게 사셨겠네?"

"그렇지 않아. 황희 정승도 좌천, 파직, 귀양살이 등 속된 말로 안 당해 본 것이 없는 분이야."

"아니, 왜?"

"어느 시대나 정권이 바뀌면 괜히 시기하고 모함하는 그런 사람들이 있잖아."

권력의 속성에 대한 평이다.

"자. 정자로 가자."

임진강이 내려다보이는 전망 좋은 나지막한 언덕에 '앙지대(仰止臺)' 현판이 걸려 있는 고즈넉한 정자에 닿았다. 황희 정승은 관직을 접고 고향에 돌아와 이곳에 정자를 짓고 갈매기와 벗 삼아 노년을 지냈다.

"여기에 갈매기들이 많았나 보네?"

"조수 때마다 백구가 강 위로 몰려들어 모래사장에 가득했다고 해."

해님이 서쪽 지평선에 걸렸다. 남북을 가로막는 철조망에 낙조가 깃드니 자연의 아름다움과 분단의 아픔이 동시에 몰려왔다.

"선배님. 참 묘한 느낌이죠?"

"세계 어디를 가도 이런 곳은 없을 거야."

"그렇겠죠. 2차 대전 이후로 같은 민족이 분단 상태로 있는 곳은 한반도가 유일하니까요."

전쟁 도발국인 독일도 패전 후 분단되었지만, 베를린 장벽이 무너지면서 다시 통일되었다. 그러나 한반도는 태평양 전쟁은 일본이 일으켰는데 오히려 우리가 남북으로 갈라져 기약 없이 철책선을 쳐 놓고 대치하고 있다.

　언덕 위에서 붉게 물들어가는 임진강을 바라보며 서 있는 황희 정승에게 물었다.

　"같은 민족끼리 이중 삼중으로 살벌하게 철조망을 쳐 놓고 으르렁거리는데 어찌하면 좋겠습니까?"

　황희 정승이 답하신다.

　"용서하고 사랑해라!"

용서

누리에 땅거미가 내려앉는다.

반구정을 내려와 꽤 이름이 알려진 나루터 음식점에서 철책을 앞에 두고 사각 탁자에 둘러앉았다.

"우리 장어 먹어요?"

"그래, 오랜만에 민물장어 먹어 보자. 오늘 기도 많이 빠졌을 테니."

숯불장어구이로 메뉴가 정해졌다.

"장어는 꼬리가 좋은 것 맞아요?"

"아니야. 꼬리가 맛이 덜해 잘 안 먹으니 누군가가 정력에 좋다고 소문을 내서 그런 말이 생겼다고 해."

"정말?"

"그래도 의학적으론 몸에 좋은 것 아닌가요?"

"왜?"

"장어가 꼬리를 흔들며 그 먼 태평양을 오가니 힘이 좋겠죠?"

장어 꼬리에 대한 믿음이 확고했던 지연 씨가 계속 의문을 제기한다.

"이런 말이 있어."

한의약에 일가견을 가진 피부관리실 사장이 나섰다.

"무슨 말?"

흥미진진한 답이 나올 것 같은 예감이다.

"장어 꼬리를 남사친에게 줬다고? 용서할 수 없다."

처음으로 듣는 예상치 못한 답이 나왔다.

한 방송사에서 개최한 장어 꼬리 논쟁 프로에 나와 전파를 탔던 이야기다.

"남사친이 무슨 뜻?"

우선 '남친'과 '남사친'의 차이를 설명했다.

장어구이를 먹을 때면 서로가 지켜야 할 암묵적인 '룰'이 있었다. 바로 한 사람이 장어 꼬리를 독점하지 않는 것이다. 스태미나에 좋다는 장어, 그중에서도 장어 꼬리는 장어 하나를 통째로 먹는 것보다 낫다는 인식이 강했다.

이런 장어 꼬리의 위상을 떨어트리는 과학적 결론이 의료계에서 나왔다. 보양식의 황제로 알려진 장어 꼬리가 실제로는 장어 몸통과 영양학적 측면에서 별 차이가 없는 그저 속설에 불과하다는 의견을 달았다.

물론 장어는 단백질과 지방 함량이 높고 불포화지방산 등이 포함돼 기력 회복에 탁월한 생선이다.

장어 꼬리에 대한 전설은 사라졌다.

"마치 가을 전어처럼 말 한마디가 전어를 귀한 생선으로 만든 것과 같네."

연륜이 있으신 선배님의 말씀이다.

"하여간 Copy writer들이 대단해요."

무역업을 하는 남편을 두었다고 영어가 나왔다.

"카피라이터? 무슨 뜻?"

"약한 소주를 들고나와 '처음처럼' 이름을 붙여 크게 유행한 것처럼 이름이나 짧은 말을 짓는 언어의 마술사들이죠."

차원 높은 답이 나온다.

언어에 대한 학문적 고찰이 분위기를 잡자 선배님이 제동을 걸었다.

"그만하고 우리 '왕 월정'에 대해 말해보자."

분위기가 엄숙 분위기로 급반전된다.

모두가 역사에 기록으로 남는 중요한 판결을 내려야 하는 재판관의 마음이 되었다.

침묵의 시간이 마냥 길게 느껴진다.

"도저히 용서할 수 없어요."

고요를 깨고 막내가 첫 의견을 냈다.

"아니야. 생각할 여지가 있어."

피부관리실 사장도 심정을 표했다.

"조선족인데 중국인 행사를 하느라고 얼마나 힘들었겠어. 아까 펑펑 울며 용서를 구했잖아."

정상을 참작하자는 차 사장의 소신성 발언이다.

1:1:1 '진보 중도 보수'처럼 의견이 나뉘었다.

시선이 선배한테 향한다.

철책 너머 비무장지대를 자유롭게 넘나드는 철새들이 무리를 지어 휴전선 하늘을 날고 있다. 아마 다가오는 겨울 추위를 피해 남쪽으로 가나 보다.

"저 철새들을 봐!"

태양이 집으로 가버린 하늘에 둥근달이 두둥실 떠서 날아가는 철새들의 길을 밝혀 준다. 그들은 이념의 장벽이 없다.

"우린 같은 민족. 용서하자!"

판결이 내려졌다.

둥근 달이 온 누리에 빛을 뿌려 온기로 가득 채웠다. 철책선 너머 임진강에 달빛에 부서진 물결이 보석처럼 찬란한 빛을 발하며 서해를 향해 흘러간다.

몸에 좋다는 민물장어로 만찬을 끝내고 찻잔을 받았다.

"음식점에서 오래 일했으니 잘하겠지. 입행할 땐 친구였으니 내가 챙겨야지."

횟집을 운영하는 선배님이 뜻을 냈다.

"선배님. 제가 맡으면 안 될까요?"

차 사장이 제의를 한다.

"넌 음식점 안 해 봤지 않아?"

한국 땅에서 그들의 오늘을 있게 한 '왕월정'의 거취에 대한 논의다.

"지금 음식점에서 일한다고 꼭 그 일을 시킬 필요는 없잖아요?"

"그럼?"

"마침 중국 바이어들이 늘어 중국 사람을 상대할 직원이 필요해요. 제가 모시면?"

"모셔?"

피부관리실 사장이 친구 말에 강한 이의를 제기한다.

"야. 그래도 직장에선 우리 상사였고 선배님과 친구 사인데 모신다고 해야지."

선배가 흐뭇한 표정을 지었다.

"원수같이 미워했던 사람인데 막상 초라한 모습으로 만나니 너무 마음이 아팠어요."

막내가 마음을 바꿔 측은지심의 심정을 표한다.

"그래 나도 그랬어. 눈물을 펑펑 하염없이 쏟는데 오히려 내가 미안하더라."

피부관리실 사장도 마음을 내었다.

"맞아. 이게 다 우리가 같은 민족 한 뿌리여서 그런가 봐요?"

선배님의 의중을 물었다.

"알았어. 하루만 더 생각해 보자."

계속 고개를 끄덕이던 선배가 오늘 논의의 결론을 내일로 미뤘다.

'블루문'에 비해 뒤처지지 않는 쟁반같이 둥근 달님이 하늘 한가운데 머물며 밝은 미소를 보내고 있다. 밤하늘을 가르며 길게 길을 낸 은하수에 수많은 별도 반짝반짝 하나 됨을 축하한다.

같은 뿌리라는 이유로 용서할 수 있었다.

천사를 만난 사람들

하늘이 파란색을 머금고 마냥 높아 보이는 10월의 마지막 날 아침이 밝았다.

서둘러 까만 옷을 걸치고 부푼 마음으로 집을 나선다. 오늘 천사를 만나러 가는 날이기에 밤잠을 설친 설렘이 아직도 가슴을 울렁이게 만든다.

운전하는 기관사 없이 무인으로 달리는 경전철을 타고 출구를 나와 북한산에서 발원된 계곡을 따라 걷는다. 청둥오리가 주인인 계곡에는 금슬 좋은 오리 부부가 다정히 물길을 걷는다.

만남의 장소인 어울림마당에 도착했다.

"대장님, 피곤하지 않아요?"

김원국 사장이 걱정을 담아 묻는다.

"아, 이정도야 아직은 견딜 만합니다."

어제 동남아 출장을 마치고 늦게 입국해 아직 여독이 가시지 않았을 텐데 얼굴이 무척이나 밝다.

"천사님 만나러 가니 좋으셔서 그렇죠?"

지연 씨가 싱글벙글 자신의 좋음을 빗대어 말한다.

"그럼요. 천사님을 만나러 가는데."

밝음의 이유를 명확히 밝혔다.

"자. 모이시죠!"

여기저기 삼삼오오 모여 이야기꽃을 피우던 오늘 행사 참가자들이 이 대장을 중심으로 원을 만들었다.

"오늘 새로 우리와 같이 천사를 만나러 가실 분을 소개하겠습니다."

머리에 검은 두건을 두른 여자가 앞으로 나왔다.

"차혜영 선생님이 소개하시죠?"

여기서는 사회적 직책이 아닌 모두가 선생으로 통한다.

"저와 같은 곳 출신이시고요. 천사를 만나 본 경험은 처음이시니 잘 부탁드립니다."

모두가 환영의 박수로 맞는다.

"그런데 성함이?"

"아, 참. '왕월정'이십니다."

왕월정 공회주석이 천사를 만나러 가는 길에 동참했다.

"선배님 저만 잘 따라오세요."

경험 있는 피부관리실 사장이 천사를 만나러 가는 길에 길잡이를 자청했다.

오늘은 평화시장 7인방에 차혜영 사장 은행 동료 4명과 정릉에서 만나 자연사랑 봉사활동을 하는 한마음산악회 22명 등 합 33명이 모였다.

이 대장이 나섰다.

"오늘 행사를 이끌어 주실 팀장님을 소개하겠습니다."

'사단법인 사랑의 연탄 나누기' 모임에서 나온 곱상하게 생긴 팀장이 봉사자들 앞으로 나왔다.

"오늘 참석해 주신 33인의 봉사자님들 반갑습니다."

천사를 만나기 위한 행동 지침을 자세하게 전달한다.

이어서 비닐로 된 까만 앞치마와 토시, 비닐장갑을 안에 넣은 목장갑을 착용한다. 참가자 모두가 얼굴을 빼고는 거의 온몸을 까맣게 감싼 모습이지만 천사를 만나러 간다는 사실에 마냥 즐겁고 웃음꽃이 넘친다.

"언니, 너무 잘 어울려요."

지연 씨가 혜영 사장을 보고 감탄조로 말을 낸다.

"나는?"

멋을 거론하면 뒤지기 싫어하는 미옥 씨가 섭섭한 마음을 감추고 물었다.

"언니야 그 명불…."

단어가 생각이 안 나 잠시 주춤.

"명불허전"

"맞아요! 명불허전!"

잠시 웃음꽃이 피고 미란 씨가 명확히 결론을 냈다.

"미옥 씨는 검은색의 마술사 샤넬의 모델 같아요."

연변에서 온 원탁의 여인들도 모두 긍정의 메시지를 보냈다.

곧이어 '서울에 아직 이런 달동네가 있었나?' 의구심을 자아내는 연탄이 수북이 쌓여 있는 베이스캠프에 도착했다.

어림잡아 2천 장은 족히 넘는 물량이다. 쌓여 있는 연탄 앞에서 각자에게 임무가 주어진다.

상당한 기술과 경험을 요구하는 연탄 쌓기는 이 대장과 강 선생이 맡고 교통 정리는 연변 선배님으로 정한 후 나머지 인원은 운반을 담당한다.

남자는 지게를 지는 분들도 있지만 천사들이 머무시는 이곳은 진입 통로가 비좁아 개인 운반이 더욱 효율적이다.

대부분이 연탄 2장씩을 가슴에 꼭 안고 정성을 다해 운반해야 한다. 처음 참가한 분들은 연탄 2장의 무게를 가볍게 생각하다가 의외로 무거운 연탄 무게에 '화들짝' 놀라는 사람도 있고, "난 이 무게를 알고 있지!" 하면서 살포시 미소를 짓는 여유로운 경험자의 다양한 표정도 보인다. 까만 연탄은 등에 진 지게와 가슴에 꼭 감싸 안은 온기를 담고 하나둘 베이스캠프를 떠난다.

모두가 하나되어 다들 미리 예행 연습을 하고 온 것처럼 적당한 간격과 속도를 맞추어 연탄을 나른다. 조용했던 달동네가 오고 가는 발걸음으로 매우 분주해졌다.거의 3시간 가까이 쉴 틈이 없이 오르고 내림을 반복했지만 누구 하나 얼굴을 찡그리지 않는다. 오히려 천사를 만나는 기쁨에 마음은 계속 들떠있는 듯.

좁디좁은 통로를 지나 반지하 방 앞에 연탄을 쌓는 분들은 거의 예술의 경지에 다다른 듯 '달인'의 칭호를 부여해도 손색이 없었다. 미리 정해둔 순서에 따라 두세 곳의 집을 채우면 신속하게 다음 집들로 이동하면서 연탄을 받아주시는 고마우신 천사님들에게 진술된 마음을 전한다.

시간은 흘러 반복적인 행동에 손의 근육과 허리 어깨 옆구리가 아픔을 호소하지만 작은 도움을 감사로 받아주시는 천사님들의 고마움을 상기하며 고통은 잠시 저만치 밀쳐내었다.연탄은 대부분의 사람들에게는 아련한 추억 속에 남아있는 '그 때 그 시절' 이야기겠지만 추운 겨울을 연탄과 같이 보내야 하는 천사님들에게는 무엇보다 절실한 생존의 물품이다.

시간은 그렇게 흘러 마침내 쌓아 둔 연탄의 마지막을 전달하면서 오늘 천사와의 만남 행사를 마쳤다.

봉사가 끝나고 늦은 점심을 같이하면서 힘들었지만 기쁨과 고마움을 듬뿍 받은 경험담을 이야기하며, 다음에 다시 만나 더욱 많은 천사님들을 만나자고 각오를 새롭게 다졌다.

선진국에 진입한 대한민국 수도 서울에도 아직 연탄 한 장의 온기를 소중히 여기고 혹한을 견뎌야 하는 우리의 이웃들이 많다. 이런 사실을 과연 얼마나 알고 있을까?

대부분의 연탄 나눔 행사를 주관하는 기관들은 정부의 지원 없이 뭇사람들의 단체봉사, 개인봉사, 정기후원, 일시후원으로 운영되고 있다. 이런 상황을 알아낸 이 대장의 제의로 코로나 정국이 닥쳐 모두가 힘들 때 천사를 만나러 가는 행사를 계속하고 있다. 처음 7명으로 시작한 나눔 행사가 북한산에서 자연보호 활동을 하면서 합류한 산악회 회원과 최근에는 차혜영 사장의 은행 동료들도 참여하여 정규 구성원만 서른 명이

홀쩍 넘었다.

'자원봉사' 자체가 자기가 스스로 원해서 돈도 내고 노력 봉사도 하는 활동이다.

어떻게 보면 그렇게 손해 보는 일을 왜 하느냐고 반문할지 모르지만 그건 모르시는 말씀이다. 연탄 봉사는 따뜻한 마음을 갖게 되고 자신의 자존감도 높이며 말로 표현할 수 없는 큰 행복을 준다. 봉사의 기쁨을 주는 우리 이웃이 진정한 천사인 이유이다.

이 한마디가 의혹에 답을 명확히 한다.

"천사는 아무나 만날 수 없지."

독도

'울릉도 동남쪽 뱃길따라 87K.
외로운 섬 하나 새들의 고향
세종실록 지리지 강원도 울진현
하와이는 미국땅 대마도는 조선땅 독도는 우리땅'

태극기 휘날리는 독도가 보인다. 꿈두레 멤버들의 가슴 속에 뜨거운 기운이 솟구쳐 오른다.

울릉도 저동항에서 태극기 그려진 머플러도 사고 설레는 마음으로 배에 올라 한 시간 넘게 달려왔다. 출렁이는 파도에 배가 흔들려 여기저기 멀미하는 사람들이 많았지만, 북한산에서 단련된 꿈두레 회원들은 오히려 생기가 돈다.

독도가 점점 가까워지자 '와' 하는 환호성으로 선내가 웅성거린다. 곧이어 정광태의 '독도는 우리 땅'과 서유석의 '홀로 아리랑'이 선내에 울려 퍼진다.

자신들도 모르게 노래를 따라 부르며 기쁨의 눈물인지 애증의 눈물인지 모두가 눈시울이 벌겋게 달아올랐다.

모두가 가슴에 끓어오르는 애국심이 절로 생겨났다.

출렁이는 파도에 이리저리 흔들리는 배 안에서 '과연 부두에 정박할수 있을까?' 노심초사 마음을 졸인다. 바로 눈앞인데 속은 타들어 가고 모두가 한마음으로 숨을 죽이고 저마다의 신에게 기도를 드렸다.

파도를 살피며 독도 주변을 10분 넘게 돌다 드디어 배가 멈추었다. 또다시 '와!' 하는 함성에 배가 흔들린다.

3대가 덕을 쌓아야 닿을 수 있다는 독도 접안에 성공한 것이다.

"와 정말 독도!"

"와~"

지연 씨의 외침을 시작으로 선내에 함성이 울려 퍼졌다.

배가 흔들거렸지만, 난간을 꽉 붙들고 조심히 내렸다. 하선 후 동도 선착장에 모인 사람들을 보니 저렇게 많은 사람이 배를 탔다는 것이 믿기지 않았다.

"요즘 경기가 안 좋다고 하는데 아닌가 봐요. 독도 여행 엄청나게 오세요. 독도 접안을 못 해서 울릉도에 몇 박을 묵는 분도 많아요."

현지 가이드의 말이 실감이 난다.

"우리 국민이 이런저런 이유로 애국심이 더욱 불탔나 봅니다."

이 대장의 답이었다.

"갈매기 안녕!"

먼저 독도의 터줏대감 갈매기에게 인사를 건넨다.

선착장에서 무리를 지어 소리 내어 날아 다니는 갈매기의 환영사에 인사를 건넸다.

독도에 머물 수 있는 주어진 시간은 단 20분.

하선한 사람들이 넓은 선착장에서 독도의 2개 큰 섬 '대한봉', '동도'를 배경으로 사진 담기 바쁠 때 안쪽으로 들어가 '대한민국 동쪽 땅끝' 표지판에 섰다.

"여기가 우리나라 동쪽 끝이네."

원판 표지석을 감싸고 태극기가 새겨진 머플러를 목에 두르고 손엔 태극기를 들고 사진을 담았다.

"독도는 우리 땅!"

태극기 휘날리는 동도 꼭대기 수비대에게 들릴 정도로 힘차게 외쳤다.

사진과 영상으로만 보았던 독도에 와 보니 버킷리스트의 하나를 이룬 것 같아 감동적인 순간으로 다가왔다. 선착장에 모여 있던 사람들이 몰려옴을 바라보고 다시 선착장으로 향한다.

아마 짧은 체류 시간에 동쪽 끝 표지석에서 모두가 인증사진을 담는다는 것은 불가능하기에 먼저 이루었다는 성취감이 '휴~' 안도의 한숨을 쉬게 한다.

"이 대장 최고!"

대장은 뭔가 달라도 다르다고 깊은 신뢰를 보낸다.

독도 사진에 많이 보았던 촛대바위, 닭바위를 실제로 보니 더욱 오묘하고 신비스러워 눈을 떼기가 어려웠다.

"이 대장님. 저쪽 대한봉 부두에 고깃배가 정박해 있네요?"

독도 제일봉 대한봉 부두에 어선으로 보이는 민간인 배도 보이고 오름 길에는 주택도 지어져 있다.

"내가 노래로 대신할게요."

의아한 표정으로 이 대장의 입에 시선을 집중한다.

"오징어 꼴뚜기 대구 홍합 따개비

주민등록 최종덕 이장 김성도

19만 평방미터 799에 805

독도는 우리 땅~"

이력서에 취미를 적을 때 '노래 부르기'라고 적는 이 대장이 주변에 모여든 관광객들의 환호성 박수를 받았다.

"가사가 바뀌었어요?"

노래를 숨죽여 듣던 관광객의 물음이다.

"예. 몇 년 전 가사를 바꾼 최신 버전입니다."

'독도는 우리 땅' 최신 버전 3절 가사로 나룻배의 실체가 밝혀졌다.

독도 정박의 시간은 담을 사진도 많은데 빠르게 흘러갔다.

일렬로 늘어선 독도수비대의 정제된 경례를 받으며 유람선은 독도 선착장을 떠난다. 선내에는 흘러나오는 서유석의 '홀로 아리랑'에 맞춰 선객들의 합창이 울려 퍼진다.

"저 멀리 동해바다 외로운 섬

오늘도 거센 바람 불어오겠지?

조그만 얼굴로 바람 맞으니

독도야 간밤에 잘 잤느냐?"

넓은 선내에 태극기가 물결을 이루고 모두의 눈에는 이슬이 맺힌다.
뿌리가 같기에 용서, 사랑, 행복, 감격을 나눌 수 있는 형제가 된다.
  유람선의 힘찬 뱃고동 소리가 파도를 잠재운다.
  '하와이는 미국땅, 대마도는 조선땅, 독도는 우리땅'
  국민의 혈세로 나랏일을 위임받아 일하는 위정자들이 반드시 가봐야
할 곳.
  독도는 우리 땅!

  왕월정 선배가 혜영의 손을 꼭 잡았다.
  "미안해!"
  "아니에요. 선배님이 계셔서 행복해요."
  용서할 수 있는 사람이 있어 너무나 행복했다.

  진정한 행복은 용서였다.

에필로그

알파와 오메가?
"사랑"입니다.
누군가를 사랑한다는 것은
내가 존재한다는 의미.
사랑의 글은
우릴 설레게 합니다.

내가 살아가고 있음은?
나를 향한 누군가의 사랑이 존재한다는 뜻.
우리들의 아름다운 이야기도
사랑이라는 감정의 표현임을 압니다.
사랑은 행복을 줍니다.

사랑할 수 있고
사랑받기를 원하는 마음은?

너와 내가

나누고 보듬고 용서하며

모두가 행복하게 살아갈 권리가 있음을 말해줍니다.

그래서

우리네 마음속에 내재한 변치 않는

진리는?

사랑입니다.

사랑은 보고픔입니다.

사랑은 나눔입니다.

사랑은 헌신입니다.

사랑은 참음입니다.

사랑은 용서입니다.

사랑은 행복입니다.

사랑은 이 세상이 아름답다는 최소한의 이유입니다.

꿈두레

1판 1쇄 발행 2023년 10월 23일
지은이 이상돈

교정 신선미 **편집** 양보람 **마케팅·지원** 김혜지
펴낸곳 (주)하움출판사 **펴낸이** 문현광

이메일 haum1000@naver.com **홈페이지** haum.kr
블로그 blog.naver.com/haum1000 **인스타** @haum1007

ISBN 979-11-6440-443-8 (03810)

좋은 책을 만들겠습니다.
하움출판사는 독자 여러분의 의견에 항상 귀 기울이고 있습니다.
파본은 구입처에서 교환해 드립니다.